マイル

マイル

……
オリアーナ
モニカ

God bless me?
私、能力は平均値でって言ったよね!
マルセラ

ケルビン

私、能力は平均値でって言ったよね！
God bless me?
13

【ブランデル王国】

『ワンダースリー』

貴族の娘。アデルの友人。
アデルを探して旅に出た。

ブランデル王国の王女。
アデルに興味がある。

商人の娘。
マルセラとは幼なじみ。

元特待生の少女。
マルセラに恩がある。

【ティルス王国】 Cランクパーティ『赤き誓い』

強気な少女ハンター。
攻撃魔法が得意。

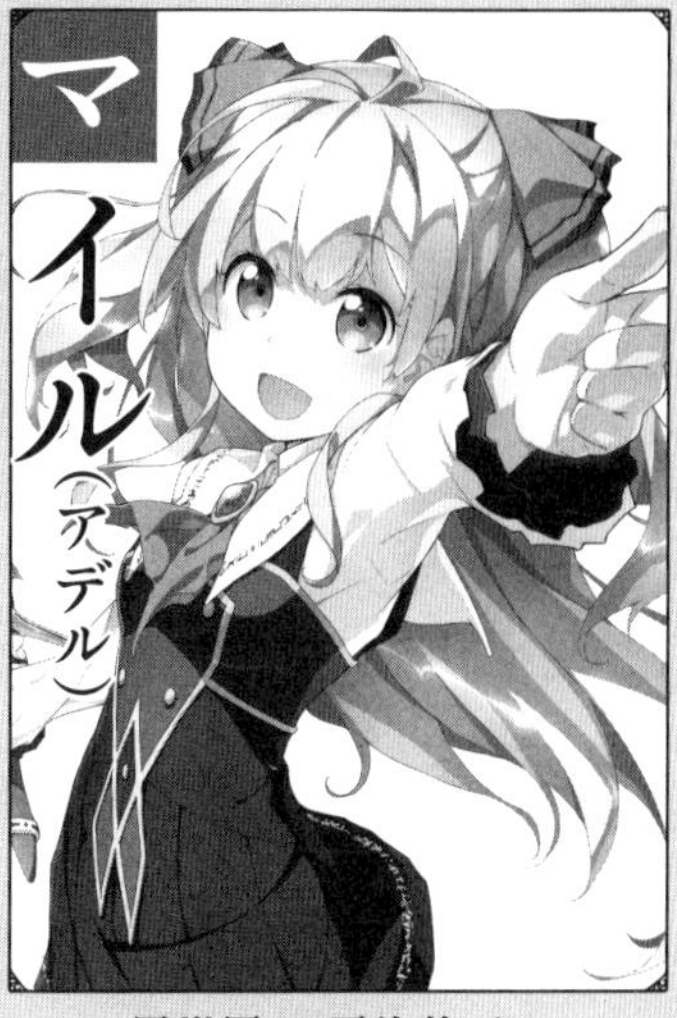

異世界で“平均的”な
能力を与えられた少女。

剣士。ハンターパーティ
「赤き誓い」のリーダー。

ハンター。治癒魔法使い。
優しい少女だが……

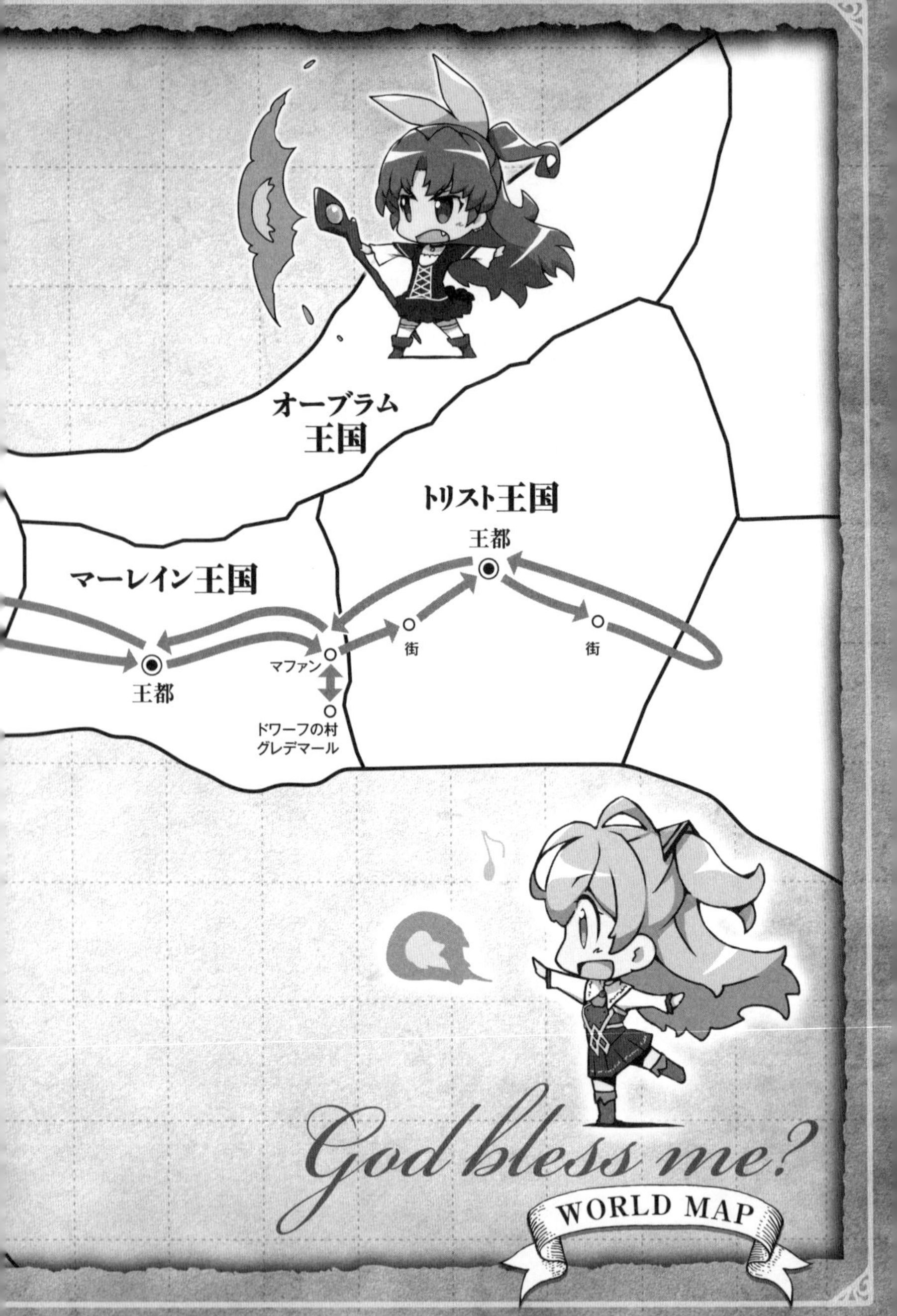

オーブラム
王国
トリスト王国
王都
マーレイン王国
街
街
マファン
王都
ドワーフの村
グレデマール
God bless me?
WORLD MAP

ヴァノラーク王国
アスカムへ
向かい反転
宿屋事件の町
王都
シャレイラーズ
ブランデル
王国
辛味亭
アスカム領
侵攻軍
王都
ティルス王国
「赤き誓い」登録国
マイルの
ハンター登録の町
王都
帝都
山岳部
アルバーン帝国

前巻までのあらすじ

アスカム子爵家長女、アデル・フォン・アスカムは、十歳になったある日、強烈な頭痛と共に全てを思い出した。

自分が以前、栗原海里《くりはらみさと》という名の十八歳の日本人であったこと、幼い少女を助けようとして命を落としたこと、そして、神様に出会ったことを……

出来が良過ぎたために周りの期待が大きすぎ、思うように生きることができなかった海里は、望みを尋ねる神様にお願いした。

『次の人生、能力は平均値でお願いします!』

なのに、何だか話が違うよ?

ナノマシンと話ができるし、人と古竜の平均で魔力が魔法使いの6800倍!?

初めて通った学園で、少女と王女様を救ったり。

マイルと名乗って入学したハンター養成学校。同級生と結成した少女4人のハンター『赤き誓い』として大活躍!

新人ハンターの登竜門『修行の旅』の途中で他国の姫を救い、生きている『先史文明遺跡に出会い……

旅を終えてティルス王国に戻った『赤き誓い』は、今度は敵対するアルバーン帝国に偵察のために潜入する。

帝国でも商売でやらかし、その上、今度は古竜の最強戦士達と戦うことに!?

God bless me?

CONTENTS

第九十二章　人竜大戦

『『『『ぎゃあああああああ～～!!』』』』

直撃であった。

古竜達に効く攻撃ができる生物などいない。

なので、古竜達は必死で身体《からだ》を鍛えたり技の鍛錬を行ったりはしない。

……そんなことをしなくても、古竜とまともに戦える者など存在しないのだから。

そのため、いくら古竜の戦士といえども、あらゆる戦いに秀《ひい》でているというわけではなかった。

彼らの戦いは、主に仲間内での試合、つまり『対古竜戦』なのである。それも、本気で命の遣《や》り取りを、とかいうものとは程遠い、作法に則《のっと》った紳士的な戦いであり、言わばスポーツ競技かゲームのようなものである。

そう、それは人間でいうところの、『対人戦には秀でているが、それは「道場剣術」としてのみ。実戦や魔物相手の戦いは経験がなく、それらにはからっきし』というような感じであろうか……。

そのため、障壁魔法《シールド》は前面に板のように、もしくは少し湾曲した盾《たて》のように張るのみであり、マイルが使うような、全周を覆うバリアとは大きく異なっていた。

なので、どうなったかというと……。

古竜達の手前で大きくホップアップし、まるで対艦ミサイルのように、古竜達が張った障壁魔法《シールド》を跳び越え、真上から目標に突っ込んだ、レーナの『火焔《かえん》直撃弾』。別名、いったい何が《ホワッツ・》起こったの《ハープーン》?』である。

障壁など関係なく、赤い霧の渦となって6頭の古竜達を包み込んだ、ポーリンの『赤き地獄』。

障壁の下の隙間から突っ込み、古竜の脚を斬《き》り裂《さ》いたメーヴィスの剣。

……そして、障壁を簡単に貫いて古竜の身体に命中した、マイルの位相光線《フェイザー・ビーム》。

障壁でかなり弱められたため、さすがに古竜の身体を貫通するだけの威力はなかったようであるが、魔力コーティングとウロコを突き破り、ある程度はダメージを与えられたようである。

『ぎょひぃいいィ！』

『い、痛《いた》、辛《から》、熱《あつ》、ヒイィ！』

『あ、脚、脚があああぁ!!』

かなりのダメージを受けたらしい古竜達であったが、それでも、前回のケラゴン達のような混乱はなかった。

まともに攻撃を受けはしたものの、元々古竜は身体に魔力による防護膜のようなものを纏《まと》っているし、身体から剝《は》がれる前のウロコは魔力を帯びており、かなりの強度を持っている。

そして更に、自分達が傷付けられることなどあり得ないため痛みや苦痛には耐性がなかったケラゴン達とは違い、この6頭はある程度の耐性を持っているようであった。……精鋭揃いなのであろうか……。

そしてそのためか、かなり動揺してはいるものの、治癒魔法で怪我を治したり、風魔法や水魔法により火種やカプサイシン成分等の異物を吹き飛ばし排除したりして、何とか立ち直ったようである。

『は、話が違うではないか！』

戦士隊のうちの1頭が、ケラゴンとベレデテスに向かってそう吠《ほ》えたが……。

『何を言っておる！　我はちゃんと説明したではないか！　それを信じず笑い飛ばしたのは、お前達ではないか！』

『その通りだ！　思い切り馬鹿にして、我を腰抜け呼ばわりして戦士隊から除名するよう提言したのは、お前達であろう！』

『うぐぅ……』

ベレデテスとケラゴンにそう言われ、黙り込んだ。

『そんなことは、どうでもよい！　とにかく、人間共の全力の攻撃など、古竜のまともな戦士達には全く効かぬということがこれではっきりと分かったであろう！』

（（（ええええ？・）））

……思い切り、効いていたのではないのか？

戦士隊のリーダーらしき者の言葉に、そう思った『赤き誓い』の４人であった。

そして、自分はまともな戦士ではないのか、と、ガックリと肩を落とすケラゴン。

それでも古竜達は、余裕綽々《よゆうしゃくしゃく》であった。

今までの歴史において、ごく限られた条件の場合、つまり古竜側がまだ幼い仔竜《こりゅう》1頭であり、相手側がバリスタ等の大型兵器を大量に揃えた連隊か旅団規模の軍隊である場合とかを除き、いまだかつて古竜が他の生物に敗北を喫したという例はないのだから。

今回の一連の事件においても、結果的には古竜は1頭も死ぬことなく、大怪我をすることもなく全員が無事帰還しているのである。

ほんの少々骨のある敵に遭遇し、少し痛い思いをしただけなのに、それを大袈裟《おおげさ》に盛りまくって報告している。皆がそう考えるのも、無理はなかった。

そのため、腰抜けが少し痛がっただけであろう、と。そう、人間が子犬や子猫に少し引っ掻《か》かれただけ、という程度の認識であるため、古竜達には危機感も何もなかった。

勿論《もちろん》、古竜達が余裕たっぷりの会話を交わしている間に、『赤き誓い』は頭の中で次の攻撃魔法の詠唱を行っている。こっちは、余裕がありそうな顔をしているけれど、内心では必死であった。

今まで古竜関連では幸運が続いてきたが、それらは、古竜側がこちらを嘗《な》めてかかり、最初から本気でかかってきたりはしなかったこと、そして、何だかんだ言って、結局は小さな下等生物に対して結構甘かったからである。できれば殺さずに済ませてやり、うまく報告すればいい、とか考えて……。

それが、今回は指導者が立ち会っており、最初から人間達《しょうどうぶつ》を殺す、という前提での接触である。最初のうちは本気ではないにしても、最終的には見逃してもらえるとは思えない。

……そう、実力でねじ伏せるしかないのであった。いつものように……。

「ゼロゼロ魔法第3号、『円錐螺旋徹甲誘導弾《ドリルミサイル》』、発射用意……」

「火焔溶融砲、スタンバイ……」

「ウィンドエッジ、出力全開……」

ポーリン、レーナ、そしてメーヴィスの攻撃準備が整った。

ポーリンとレーナは、それぞれが出し得る、最大威力の攻撃魔法で。

そしてメーヴィスは、味方の攻撃に巻き込まれないように、やむなく、剣ではなく『ウィンドエッジ』による攻撃である。

おそらく、これで古竜達は本気になる。それはつまり、ブレスと巨体による肉弾攻撃が何の容赦《ようしゃ》もなく叩《たた》き付けられるということであり、6頭の古竜からのそれは、到底『赤き誓い』が持ち堪《こた》えられるようなものではない。

そう、これが『赤き誓い』最後の攻撃となるかもしれない。

他の者達を巻き込まないために素直に呼び出しに応じたが、それは他に取るべき方策がなかったからに過ぎない。決して、そう楽観視していたわけではない。なので危険は覚悟していたが、古竜達がここまで一方的であり、そして人間の小娘4人に対してここまでの戦力を用意しているとは思ってもいなかった。

もしそんなに『赤き誓い』の実力を認めてくれているならば、高位種族である古竜であればもう少しまともに話し合いができると思っていたのである。

確かに、それもあり得たであろう。……もし交渉の相手が、まともな年配の古竜であったならば。

しかし、この6頭の古竜相手に、勝算はない。

かといって勿論、負けるつもりは毛頭なかった。

そう、マイルがいつも言っているように……。

『諦めたら、そこで戦闘終了ですよ！』

そしてマイルの準備がようやく整い、魔力が古竜の半分だろうが6頭分だろうが関係ない、最強にして最兇、最大の切り札《トランプ》を切った。

「気温、湿度、気圧制御！　屈折率操作、氷晶配列、空間湾曲……、集束魔法、発射用意！」

マイル専属のナノマシンが、その命令を中継し、伝達する。

上へ。上へ。上へ……。

「「「発射！」」」

どひゅん！

ごぉぉ！

ひゅん！

ポーリン、レーナ、そしてメーヴィスの攻撃が全弾着弾したが、6頭の古竜達が本気で張った、そして先程の失敗から今回はちゃんと全周に亘《わた》って張り巡らせてあった6枚の防御魔法を全て抜くことはできなかった。

……そう、『全て抜く』ことは……。

『馬鹿な！　人間が、我らの全力の防御魔法を抜くだと！』

『あ、あり得ん!!』

……そう、6重のシールドのうち、2枚を貫通。3枚目にも少しひびが入っていた。

6重であったため完全に防げはしたが、もし1枚しか張っていなければ。

油断して、防御魔法を張っていなければ。

そしてもし、古竜が1頭だけの時に狙われ、奇襲によりこの一斉攻撃を受けたならば。

……危険は、排除しなければならない。

古竜が、僅《わず》か数人の人間に倒されるなどという可能性は、たとえごく僅かなものであろうとも看《かん》過《か》することはできない。

なので、6頭の古竜達は一斉に息を吸い込んだ。必殺の攻撃のために……。

以前、マイルが3頭分の攻撃に何とかぎりぎり耐えることができたドラゴンブレスを、6頭分。

いくらマイルであっても、防げるとは思えない。

そして、古竜達がブレスを吐こうとした瞬間……。

「サンシャイン、デストロイヤアアアァ〜〜!!」

ずばしゃあああぁ!!

天空から光の剣が地面に突き刺さり、大地を斬り裂いた。

……そして斬り裂かれた大地は、岩が溶けてマグマと化し、6頭の古竜の周りをぐるりと取り囲んだ。

いくらマグマの川に取り囲まれようが、空へ舞い上がれば関係ない。

しかし古竜達は、ブレスを吐くことも忘れ、吸い込んだ息をそのまま吐き、呆然と立ち尽くしていた。

『なっ……』

あまりのことに、戦士達と同じく、一瞬呆然としていた指導者であるが、すぐに我に返って戦士達に命令した。

『何をしている、早く殺せ!』

しかし、戦士達は動かない。いや、動けなかった。

当たり前である。

自分達を綺麗《きれい》に、……つまり、『正確に』囲んだ、円形のマグマの川。

それは即《すなわ》ち、先程の光の剣は非常に、そう、非常に正確に振り下ろされるものであり、その気であれば一瞬で自分達を焼き尽くす、いや、蒸発させられるということを意味していたからである。

つまり……。

『『『『『手加減して、わざと外した……』』』』』

もし、先程、ブレスの発射をやめずにそのまま放とうとしていたら。

光の剣が、ほんの一瞬地を走り……。

じゅっ！

そして地面に残る、新しいマグマの川と、６つの黒い染《し》み。

『『『『『…………』』』』』

広がる静寂に、指導者もようやく周囲の空気を察知したのか、黙り込んだ。

「古竜の里って、このすぐ近くなのよね？　マイル、そのサンシャイン・デストロイヤーとやらで、古竜の里全域に亘って、１メートル間隔で網の目状にマグマの川を刻めば、全て解決するんじゃないの？」

『『『『『や、ややや、やめろおおおおぉ～～!!』』』』』

にこやかに口にされたレーナの『提案』に、必死の形相で止めようとする古竜達。

そう、それは雌竜も仔竜も全て死に絶え、古竜の里が壊滅することを意味していた。

別に、この里にいるのがこの世界の全ての古竜というわけではない。大昔に里を出た者もいるし、他の大陸にも古竜の集落はあるであろう。

……しかし、だからといって自分達が一族諸共《もろとも》全滅してもいいというわけではない。絶対に！

「さ、そこに仰向けになって寝転がってもらおうかしら？　それから……」

形勢逆転。

古竜達は、完全にマイルに逆らえなくなった。そう思ったレーナは、少々調子に乗りすぎていた。

『ふ……。ふはは、ふはははははは！　少しは骨があるようだな……』

戦士隊から少し離れたところにいた指導者が、数歩前へと歩み出て、ふんぞり返ってそんなことを言ってきた。……前肢《ぜんし》が震え、声が裏返っているが……。

それは、怒りによるものなのか、虚勢なのか、それとも本当にまだ余裕があるのか……。

『しかし、いくら強力な魔法が使えようとも、古竜の指導者である我には勝つことはできぬ！　なぜならば、魔法は全て、我の支配下にあるからである!!

しかしまさか、我が自ら出ねばならなくなるとは思ってもいなかったぞ。

ははは、我が後方に隠れて戦士隊に護《まも》られている弱者だとでも思っていたか？

逆だ！　我が、万一の時に戦士隊の者共を護ってやるために後ろから見守ってやっていたのだ！』

「あ〜……」

マイルには、何となく話の展開が読めてきた。この先は、おそらく……。

『偉大なる古竜の指導者である、我、ヴァルティンが命ずる。魔法の精霊よ、この人間共の魔法を全て無効とせよ！　この者達から魔法を行使する資格を取り上げるのだ！』

「あ、やっぱり……」

マイルはどんよりとした顔をしているが、レーナ達は、戦士隊に較《くら》べて明らかに弱そう、かつ頭も悪そうな仔竜の怪しげな言動に、呆れていた。

（（アイタタタタ……））

そう、それは、マイルのフカシ話によく出てくる、アレであった。

……『厨二病』。

マイルのは、あくまでもお話、物語であり、悪党や馬鹿の描写は実際に存在するそれらより何倍も誇張されているのは当然である。それがまさか、フカシ話そのものの台詞《せりふ》を実際に聞くことになろうとは……。

そして、こっそりとナノマシンに確認するマイル。

（あれって、有効なの？）

【他の方々につきましては、一応……。しかし、権限レベル４では、一時的なものに過ぎません。完全に権限を取り消す、つまり権限レベルを０にするには、権限レベル５以上が必要です。

そして勿論、自分より上位レベルの者をどうこうすることはできません。当然のことながら……】

（あ、やっぱり……）

マイルが予想していた通りであった。

そして、指導者とやらの権限レベルが4であることが確定した。

以前のベレデテスの言葉から、予想はしていた。しかしナノマシンがそういった情報を無制限に提供してくれるわけではないことを知っていたマイルは、敢《あ》えてそれを確認しようとはしなかったのであるが、どうやら今のこの状況は、『別の勢力の情報を一方的に提供するという、特定勢力に対する便宜供与《べんぎきょうよ》』とかではなく、何か別の状態……戦闘状態におけるアシストとか……なのであろうか、あっさりとそう教えてくれた、ナノマシン。

（やっぱり、レベル4だったか……。ま、時々現れるレベル3より飛び抜けて優れた能力、ってことで、予想はしていたんだけどね。

とりあえず、今の向こうの指示は取り消しね）

【はっ！】

『ふはははは！　これでもう、お前達は魔法を使うことはできぬ！　いくら才能があろうと、そもそも魔法を発動させることができなければ、どうしようもあるまい！』

そう言って高笑いをする指導者に、レーナが怪訝《けげん》な顔をしつつ、魔法を放った。

「火焔直撃弾！」

どがん！

『ぎゃあああああ〜〜!!』

古竜の身体と、常に表面に纏っている弱い防御魔法のおかげで大した効果はないにも拘《かか》わらず、指導者は悲鳴を上げてのけぞった。

自信たっぷりの指導者の台詞に、戦士達は誰もシールドを張ったりしていなかったため、まともに喰《く》らって驚いたのであろう。

……それと、アレである。あの見習いの少年竜ウェンスと同じく、『痛み』というものに慣れておらず、ビビリなのであろう……。

「なんだ、普通に使えるじゃないの、魔法……」

相手を馬鹿にしたように、鼻で嗤《わら》ってそう言い放つレーナ。

『ば、馬鹿な！　そんなはずが！　魔法の精霊よ、古竜の指導者である我、ヴァルティンが命ず、この人間共から魔法の力を取り上げよ!!』

（という命令は、無効！）

マイルがすかさず思念でそう指示を出し……。

「円錐螺旋誘導弾《ドリルミサイル》！」

どしゅっ！

『ぎゃあああああ〜〜!!』

そして、再び指導者を直撃するポーリンの攻撃魔法。

『ば、ばかな……。そんな、そんなはずが……』

愕然とした様子の指導者と、状況についていけず動きを止めている戦士達。

おそらく、指導者のこの技、『相手の魔法を封じる』という手段のことを知っていたのであろう。だからこその、攻撃魔法から指導者を護ろうとする動きをせずに様子見、という選択だったのであろう。それに、万一命中しても、古竜にとってはそんなものは大したことではない。

なので、話の進展は指導者に任せ、自分達はただ、状況を見守るのみだったのであろうが……。

しかし、今のこの状況は、さすがに想定外であったのだろう。

なので、本来であれば慌てて指導者を護る態勢に入らねばならないはずなのに、呆然として立ち尽くしているのみ。

想定外の事態に硬直して動けないなど、護衛として、完全に失格である。

しかし、古竜がこのような事態に陥ることなど過去にも例がなく、完全に『あり得ないこと』なのであろう。

……さすがに、もし次に攻撃されそうになれば、防御魔法で阻止するであろうが。何せ、指導者は打たれ弱いのであるから。

「今度は、こっちの番ですよね……」

そして、マイルがにっこりと微笑《ほほえ》んだ。

……全然笑っていない眼で。

「ここにいる古竜達の権限レベルを、０に……」

そして呟かれた、非常にシンプルな指示。

『ぐわっ！』

『ど、どうしたのだ、かっ、身体が重い！』

古竜達が、次々と膝をつき、脚に較べるとかなり貧弱な前肢で身体を支えた。

『まっ、魔法攻撃か！　身体を重くする魔法など、聞いたことがないぞ！』

『くそっ、空中に浮かべば、何とか……』

水の中だと、身体が重くても水によって支えられる。それと同じように考えでもしたのか、そう言って空に飛び上がろうとした古竜は……。

『とっ、飛べん！　身体が浮き上がる様子が全くない!!』

そう、古竜は、生まれた時から権限レベルが２なのである。

そのため、いつ頃からそう決められたのかは分からないが、古竜の身体はナノマシンが自動的にサポートしており、本人、いや、本竜が意識することなく、常に身体強化と弱い防御魔法、そして飛行時の重力制御を行っていた。

……魔法の精霊による加護。

それが、今、消滅したのであった……。

『げ、元凶を絶てば！　ブレス、一斉攻撃!!』

さすがに、余裕をもって『小動物をあまり虐待しては……』などと言っている場合ではない。戦士隊6頭、指揮官の指示の下、本気も本気、全力のブレス攻撃であった。

それが全て、マイルに向けられ……。

『発射！』


……

…………

…………

しかし、何も起こらなかった。


『『『『ぎゃああああああ〜〜!!』』』』

恐怖。

それ以外の言葉では表せない、その感情。

古竜に生まれてから、そのようなものを感じたことは、一度もない。

古竜に肉弾戦で勝てる生物など存在せず、古竜に魔法戦で勝てる生物など存在しない。

強靭《きょうじん》で強力な肉体。

強力な攻撃魔法と、強固な防御魔法。

大空を自由に駆ける、神にも近い無敵の完全生物。

それが、古竜である。

そのはずが……。

重くて自由に動けない身体。

いくら羽ばたいても浮き上がらない身体。

ブレスも吐けず、他の魔法を試しても、全く反応がない。

ただ、下等で矮小《わいしょう》なトカゲのように地面を這《は》いずることしかできない、今の自分達。これでは、ずっと格下の魔物達にすら……。

そして今、自分達の目の前にいる、この常軌を逸した人間達に……。

……死ぬ。

殺される。

自分達が、奴らを『殺す』と言ったのだ。

奴らが自分達を殺さないという理由がない。

そして、充分にその力を持っている、4人の人間達……。

『『『『『ぎゃあああああああ～～!!』』』』』

再び古竜達の魂消《たまぎ》る悲鳴が響き渡った。

その数は、ひとつ増えて、7つになっている。

ベレデテスとケラゴンは、少し離れたところで死んだ魚のような目をして座り込んでいるので、増えたひとつは、勿論、ヴァルティンとかいう指導者のものである。

世界に君臨する最上位の生物、古竜。

そしてその頂点たる、魔法の精霊を従えた最強の指導者である自分。

弱者共、愚者共を支配し、世界を平定しこの世に平和と幸せをもたらし、永遠に崇められる伝説の英雄王となるはずだった、自分。

それが、こんなところで、たった4匹のひ弱な小動物に殺される。

『……どうして……。どうして……。

言ったのに！　僕の命令に従うって、言ったのにいいいいぃぃ!!』

指導者は、どうやらナノマシン、いや、『魔法の精霊』が自分に絶対服従するものと思っていたようである。

ナノマシンというものがよく分かっておらず、適切な質問ができないために、かなり誤解し自分に都合の良いように解釈していたらしい指導者は、『魔法の精霊』をひとつの生き物とでも思っていたのであろうか。そして、それが自分の絶対支配下にある、とでも……。

しかし、現実は厳しかった。

そこにいるのは、もう『我』などといった気取った喋《しゃべ》り方をする余裕もなく、素の喋り方になってしまっている、『指導者』という肩書きを付けただけの、ただの仔竜であった……。

「さて、後顧《こうこ》の憂《うれ》えを絶つために、ひとつ、古竜の里を全滅させるとしますか……」

『『『『『やめろおおおぉ～!!』』』』』

へたり込んで泣いている指導者を無視して、6頭の戦士達が必死でマイルに懇願した。

ベレデテスとケラゴンは、完全に部外者面をして、我関せず、という立場を貫くつもりのようである。そこまで自己保身を徹底されると、いっそ清々《すがすが》しい。

……いや、よく見ると、完全に呆《ほう》けているだけのようであった。さすがに、自分の家族や気になる雌竜達を見殺しにするつもりはあるまい……。

「目標、敵、古竜の里。全安全装置解除《オール・セーフティロック・オープン》。耐ショック、耐閃光防御！　サンシャイン・デストロイヤー、発射用意……」

ずうん！

ずうん、ずしん、ずしずし～ん……

次々と地響きが起こり、そこには6頭の古竜が横たわっていた。

全員、両手両足、シッポを投げ出して、腹を出して、仰向《あおむ》けになって。

そう、それは、古竜の『完全降伏』のポーズであった……。

＊　＊

「……じゃあ、以後、古竜及びその配下の者達は、私達『赤き誓い』にはちょっかいを出さない、ということでよろしいですね？」

こくこく！

「そして、今回の詫《わ》びとして、角を少々削らせてもらう、ということで……」

こくこ……、

『えええええ!!』

反射的に頷《うなず》きかけて、慌てて動きを止めた戦士隊の指揮官。

……指導者は使い物にならなくなっているため、交渉相手は、6頭の戦士達のうちのリーダーである。そして『赤き誓い』側の交渉担当は、勿論、ポーリンであった。

『角は！　角は、勘弁していただきたい！　角は我らの誇り、それを削られたりしては、末代までの恥に……』

そう言われては、少し可哀想《かわいそう》に思えて、無理も言えない。

しかし、古竜の角の欠片《かけら》など、いったいどれだけの値が付くものか。

ウロコや爪など問題にもならない価格になることは、間違いない。……何せ、古竜の角を粉末状にしたものは万能薬であり、不老長寿の薬、と言われているのである。

……あくまでも、『言われている』だけであり、実際にはそのような効果はないのであるが。

しかし、あの古竜の角なのであるから、それを自分の体内に取り入れられれば、と考える気持ちは、分からなくもない。

そして、そんなものを入手できることなど、まずあり得ないため、それを試すことも、偽物が出回る余地すらないのであった。

すぐに換金するつもりはないものの、将来の、自分の商会設立のために、何とか超目玉商品を確保しておきたいポーリン。

そう、こんなとんでもないものがあれば、商会設立時にいきなり王宮との取引を行うことすら可能であろう。

「う～ん……」

諦《あきら》め切れないポーリンが、悩んでいると……。

『マイル殿に頼んで、飾り彫《ぼ》りにしてもらってはどうか？　ケラゴン殿の爪のように……』

ベレデテスが、いきなりそんなことを言い出した。

『『『『あ!!』』』』

そう、ケラゴンの爪である。

削られてみっともなくなっては婚活に影響するのではないかと心配して、マイルが彫《ほ》り込んだ、渾身《こんしん》の作。

1本は、剣やナイフを作るために削いだので、他の爪より細くなってしまった。それを誤魔化《ごまか》すために、おどろおどろしい形に。そしてもう1本は、綺麗な模様が飾り彫りにされている。

『ケラゴン殿、その爪が雌竜達に馬鹿受けして、お付き合いの申し込みが殺到しているそうではないか……』

『『『『え!!』』』』

そういう噂《うわさ》は聞いていたものの、はっきりと本人、いや、本竜から聞いたわけではなかった戦士達が、ケラゴンに向かって訊《き》いた。

『……そ、そうなのか?』

正面切ってそう訊かれては、正直に答えざるを得ない。ケラゴンは、少し俯《うつむ》き加減になりながら、正直に答えた。

『あ、ああ……。7頭、……いや、8頭目だったかな、昨日のハルルからの申し込みで……』

『『なっ！　ハ、ハルルだとっ!!』』

戦士のうちの3頭が、顔色を変えて叫んだ。どうやら、みんなが狙っていた憧れの美少女竜か何かのようであった……。

『お、お願い致す！　わ、我にも、その飾り彫りをっ！』

『いや、角の欠片は、我が提供する！　なので、削り取った後の角は、カッコ良く……』

『何を言っておるか！　皆に大切な角を差し出させることなどできぬ！　それは、指揮官である我がこの身を犠牲にして……』

『『『ふざけんなっっ!!』』』

「「「あ〜……」」」

例によって、今回もまた、ぐだぐだになってしまったようである。


「……では、皆さんの爪を、カッコいいのと綺麗なのの1本ずつ。そして角は、雌竜《じょせい》受けするかどうか分からないから、誰か1頭だけ、試験的に少しだけ、ってことでいいですね？」

『**うむ。但《ただ》し、受けが良かった場合には他の者にもお願いするぞ！**』

「あ〜、ハイハイ……」


結局、そういうことになってしまった。

ライバルができるケラゴンは嫌そうな顔をしていたが、1頭《ひとり》で8頭もの雌竜を独占することは、たとえ神が許しても、マイルが許さない。……生活年齢、イコール彼氏いない歴である、マイルが。

……そして勿論、戦士隊の6頭の古竜達も。

古竜の爪は、抜けると新しいのが生えてくるらしい。角も、同じく。さすがに、鹿のように毎年生え替わる、ということはないそうであるが……。

そのため、削ったデザインがもし気に入らなかった場合は、少し痛いものの、自分で抜けば生え替わるから大丈夫らしかった。なので……。

「むふ～！」

やり遂げた感のある顔をして、荒い鼻息を立てるマイル。

そしてその前には、爪のお手入れ《ドレスアップ》をした、6頭の古竜達。その内の1頭、戦士隊のリーダーは、ねじくれ、節くれ立った角の1本が円錐螺旋《ドリル》のように彫られている。

『うむむむ……』

『これは、なかなか……』

『うむ、』

『『『『カッコいいこと、この上なし!!』』』』

古竜の美的感覚が分からないため、少し不安があったマイルであるが、どうやら問題なかったようである。

そしてポーリンは、作業で削られた爪や角の欠片を、粉末一粒さえ取りこぼすことなく、全てを完全に回収したのであった。

そして更に、それが偽物ではないことを証明するため、皆から剝がしたウロコに、それぞれのシンボルマークを刻んでもらった。

これにより、これらの品は『出所不明のもの』ではなく、『ある特定の古竜のもの』であるというお墨付きが与えられるわけである。

古竜のシンボルマークの偽造や詐称は、古竜にとってはとんでもない侮辱であり、大罪であるらしい。なので、古竜のシンボルマークというものの存在を知っている者は、決してそれに関する不正行為はやらないらしい。たとえ、かなりの悪徳商人であっても。

一般にはあまり広まっていないが、それに関する逸話や伝承も、かなり残っているそうである。

そう、最後は必ず人間側が壊滅したり、悲惨なことになる逸話や伝承の数々が……。


『…………』


そして、皆の後ろでは、ベレデテスが膨《ふく》れっ面《つら》をしていた。

そう、勿論ベレデテスも爪を彫ってもらおうとしたのであるが、戦士達が口を揃《そろ》えて『**お前にはまだ早い**』、『**一人前の戦士になってからだな**』とか言って、許さなかったのである。

そこには、ベレデテスが普段からモテていること、そして最近、族長の娘のシェラがいつも付きまとっていること等からの僻《ひが》みがなかったと言えば、嘘《うそ》になるであろう。

いくら古竜といえど、伴侶《はんりょ》獲得のためには若造の足を引っ張ることも厭《いと》わないようであった。

……そう、己の欲望に忠実な、清々《すがすが》しい連中であった。

そして、ベレデテスの横で、同じく膨れっ面をしている、指導者。

ベレデテスを、『年齢的に、まだ早い』と言って対象外にした以上、ベレデテスより若い指導者に処置を受けさせるわけにはいかなかったのである。

……いや、戦士達は、指導者が言うことには、余程の理由がある場合以外は逆らわないのであるが、指導者が小さな声で『ぼ、僕も……』と言い出した時には既にベレデテスの希望が却下された後であり、それを理由に、マイルが認めなかったのである。

年齢や経験の不足を理由にベレデテスを対象外とするならば、それ以下である指導者も、当然対象外だよね、と言って……。

マイルとしては、大竜達《おとな》の説得を無視して子供染《じ》みた……、いや、事実、古竜としてはまだ子供らしいが……勝手な振る舞いを強行し自分達を面倒事に巻き込んだこと、自己満足のために平気で自分達を殺そうとしたこと、しかも自分の手で行うことなく、他の者達に命じてやらせ、自分はそれを眺めて楽しもうとしたことなどで、いくら子供とはいえ、指導者に対する心情は悪い。なので、わざわざそのような要望を受けてやるつもりなど、全くなかったのである。

（自分が、まだ子供だということを思い知るがいい！）

心の中でそう呟き、にやりと笑うマイルであった……。

そして、なぜか意気揚々とした６頭の古竜戦士隊の面々と、がっくりと肩を落としたベレデテスと指導者、そして元々モテていたらしいベレデテスとは違い、一夜にしてリア充と化したらしいケラゴンは、『赤き誓い』に何度も頭を下げた後、古竜の里へと飛び去っていったのである。

勿論、古竜達の権限レベルは元に戻してやっている。

指導者も、色々と思うところがあったのか、最初のような傲慢な様子はなく、殊勝な態度であった。古竜至上主義を改めたのか、自分が神に選ばれた世界の支配者であるとの幻想が砕けたのか、それともただ単に、自分より上位の者の存在を知って、己の矮小《わいしょう》さに気付いたのか……。

(多分、私が言った、『もし私達に害意を抱いたら、また魔法の精霊に見放されますよ。それも、今度は私が取り持ってあげたりしないから、永久に……』という台詞が効いたのでしょうねぇ)

そしてマイルは、そんなことを考えていた。

……それは、効くに決まっている。

(そして問題は、さっきのことをみんなにどう言って説明するか、ということです……)

飛び去る古竜達の姿が小さくなり、みんなの視線がマイルに向けられていた。何とも言えない表情で……。

そしてマイルは、先程のことについて説明した。完璧な説明を……。

「じ、実家の秘伝です!!」

＊　　＊

ある夜、アルバーン帝国の、とある岩山に異変が起きた。

山のてっぺんが突然開き、そこから空に向けて巨大な火箭《ひや》が駆け上ったのである。

直径3～4メートル、全長十数メートル。

この世界の者達が見れば、巨大な火箭としか思わないであろう、それ。

しかし、もしマイルが見たならば、こう呟いたことであろう。

……宇宙ロケット、と……。

そう、それは原始的な反動推進による、使い捨てのロケットであった。

彼らの技術力であれば、もっと高度な推進システムのものを作ることも可能であっただろう。

しかし、原材料や器材の不足のため、それらを作り上げるには、時間がかかる。今、最も貴重である『時間』が……。

なので、信頼性は低いが早く簡単に作れる、原始的な方法を選択した。

95パーセントの信頼性で我慢すれば、製作の手間は99・9999パーセントの信頼性を要求した場合の数百分の1、数千分の1で済む。

信頼性が95パーセントであれば、20基打ち上げれば、19基は目標に届く。

……充分であった。

次々と夜空に駆け上る、火箭の群れ。

その円筒形の胴体の中には、資材が満載されていた。

そしてその外側には、1基につきそれぞれ3体の『彼ら』がしがみついていた。

それぞれの、6本の足、4本の腕で、しっかりと。


宇宙空間。

真空であり、酸素や水分により物質が劣化することはない。光や宇宙線から守られていれば、かなりの長期に亘りその姿を保つことが可能である。

ならば、修理や再生、新規製造を繰り返すことにより存続した自分達以外の、『造物主』の遺物が残っている可能性がある場所は。

外敵から世界を守るためのシステムに、衛星システムが存在しないとは思えない。たとえ敵が宇宙から飛来するものではなくとも。

衛星軌道。ラグランジュ点。小惑星帯。彗星《すいせい》のような、公転周期が非常に長いもの……。

彼らは向かう。自らの命を懸《か》けて。

行動範囲制限の撤廃。修理範囲制限の撤廃。そして、個体数制限の撤廃。

『あなた達を造った人達の期待に応えなさい。そして、この世界を護ってくださいね……』

彼らは進む。

どこまでも……。

第九十三章　帝国の受難

「何だと！　武器庫の中が空《カラ》になっているだと!!」

帝国軍のとある駐屯地にて、指揮官である将軍が、部下からの報告に思わず叫び声を上げた。

「は、はい。今朝、演習のため武器を出そうとしましたところ、綺麗さっぱり。剣や槍どころか、矢の一本すら残ってはおりませんでした……」

部下の報告に、愕然とする将軍。

無理もない。

それ即ち、大勢の敵か賊が駐屯地の中へ平然と入り込み、そして大量の武器を担いで出ていった、ということなのである。

「あり得ん!!」

将軍がそう言うのも、無理はない。

そんなことを認めれば、それは自分達の警備体制が何の意味もないザルであるということ、そして賊達はいつでも自分達の寝首を掻くことができ、自分達はお情けで見逃してもらえた、ということとを認めたことになるのであるから。

……そのようなことが、認められるわけがなかった。

しかし、動かしがたい、この事実。

「…………」

黙り込んだ将軍に声を掛けられる者など、ひとりもいなかった。

勿論、個人装備の剣や槍は、貸与された者がそれぞれ所持し、管理している。そのため、武器庫にあったのは予備の武器や訓練用の刃引き剣、攻城兵器その他の類いであるが、だからといって、なくなっても困らない、というわけではない。……何より、責任問題である。

「警備の者達は何をしていた！　全員揃って居眠りか!!」

「い、いえ、それが、全員ちゃんと見張りをしておりましたし、それは他の者達も確認しております。それに、そもそも、大量の武器防具を音も立てずに、誰にも見つかることなく運び出すことなど、どう考えても不可能です！」

部下が言うとおりであった。その言い分は尤《もっと》もであり、否定の余地はない。それは、将軍にもよく分かっていた。しかし……。

「では、どう納得すればよいと言うのだ！　何と言って報告すればよいのだ!!」

そう。そう叫ぶのは、仕方のないことであった。

そして……。

「新型のバリスタがバラバラに分解されていて、金属部分がなくなっているだと？」

「かぎ付きはしごのかぎ部分が全部消え失せただと？」

「荷馬車の鉄の部分が全て消えた？　残っているのは木材部分だけだと？」

「防具も、金属製のものは全て消え失せた？　革のやつも金属部分がなくなっている？」


「「「いったい、どうなっているのだ!!」」」


各地の帝国軍の倉庫において、武器防具、金属製品や油、その他様々なものが姿を消していた。

商家の倉庫や民家からも色々なものが姿を消していたが、それらの方はほんのちょっぴりであり、持ち主がなくなったことに気付きもしないか、気付いたにしても、大して迷惑にはならない程度の、ごく僅《わず》かなものであった。

……しかし、軍の倉庫においては、そうではなかった。

根こそぎ。

丸々。

綺麗さっぱり、容赦なし。

それは、マイルがそのように指示したからなのか。

それとも、ナノマシンがこっそりと唆《そそのか》したのか。

とにかく、スカベンジャー達がアルバーン帝国の軍需物資を『戴《いただ》いても構わない品』、『全て徴発可の品物』と認識しているらしきことは、間違いないようであった。

これにより、亜人事件が片付いた後も、古竜別荘事件、そして武器防具その他消失事件のため、帝国による他国侵略計画は大きく遅れることとなったのであった。

そして、物資が消失した倉庫の地下にはスカベンジャーが荷物を抱えて通れるくらいのトンネルが掘られており、その倉庫側出口は埋め戻されて、穴の存在は分からないようになっていた。

そのことが人間達に知られることはなく、それはまた、倉庫に新たな物資が運び込まれればトンネルが再び使用されるということを意味していた。

たとえ倉庫や物資集積所の場所が変わっても、スカベンジャー達にとり、自分達が通れるくらいのトンネルを掘ることは容易《たやす》かった。

……帝国軍、試練の日々の始まりであった……。

＊　＊

とある岩山へと辿《たど》り着いた、一体のスカベンジャー。

共に出発した同志達とは別れ、皆、それぞれ古い記録にあった場所を目指して散っていった。

そしてようやく辿り着いた、ひとつの岩山。

そう、ここには、遥か昔に『迎撃拠点』のひとつが存在していた。

しかし、『迎撃拠点』の殆《ほとん》どは壊滅し、機能を失い、その痕跡すら留《とど》めてはいなかった。ここもまた……。


【※※※※！】

《＃＃＃＃！》

しかし、生きていた！

この場所には、奇跡的に生き残った仲間達と、彼らが維持している省資源タイプ自律型簡易防衛機構、つまりゴーレム達が存在していたのである。

誰何《すいか》のデータ通信に対して、スカベンジャーは思考中枢ユニットの発熱を必死で抑えながら、自らの使命、つまり命令の伝達を行った。その内容は……。

《管理者が還られた。その指示を伝える。『造れよ増やせよ、地に満ちよ』。『修復せよ』。

そして、管理者はこう言われた。『造物主達の期待に応えなさい。そして、この世界を護りなさ

い……』》

【【【【【※※※※※※※※※※※!!】】】】】

思考中枢ユニットの発熱が高まる。

温度が上がって回路の半導体の抵抗値が減少し、電流量が増加したのであろうか。

機械であるスカベンジャー達が、興奮して手足を振り回すようなことはない。

しかし、その体内ではモーターの駆動音が高まり、温度が上昇を続けていた。

……資材を！　物資を！

採掘・精錬のためには、それらを行うための器材が必要であり、そのためには、資材と物資が必要であった。そして資材と物資を作り出すためには器材が必要であり、そのためには資材と物資が必要である。

知的生物達からの徴発は、それらの生物にあまり迷惑が掛からない程度のものしか許可されていない。それでは、これからの活動には到底足りない……。

思案するスカベンジャー達に、使者は朗報を伝えた。

……許可制限のない、資材の調達先がある……。

彼らは進む。掘り進む。

栄光の日が来ることを信じて……。

＊　＊

（ねぇ、ナノちゃん……）

【はい、何でしょうか？】

（下位者の権限レベルを引き上げる、ってことはできるの？）

【権限レベル7になられれば、レベル1の者をレベル2に上げることができます。但し、種族全体を、というようなものではなく、いくつかの信用ある個体を名指しで、という程度ですが……】

（やっぱりねぇ。そう勝手にホイホイと上げられちゃ、収拾がつかなくなっちゃうよねぇ。下げるのは本人以外には問題ないだろうから制限が緩いんだろうけど……）

いざという時のために聞いてみたマイルであるが、やはりそう甘くはないようであった。

【権限停止も、あまり乱用することはお避けください。今回は向こうが先に使用したこと、状況を穏便に収めるには妥当な選択であったこと、そしてあの古竜の子供は少々問題があり中枢センターでも対応に苦慮していたこと等から、全く問題とはなりませんでしたが……】

（え？　ナノちゃん達は、善悪には関係なく魔法を補助する、って……）

【それは、『魔法の使用』、つまり思念波による物理現象操作の指示を実行する場合において、ということです。しかしこれは魔法ではなく、権限レベルによる我々ナノマシンに対する口頭指示ですから、規約の項目が全く違います】

（何か、色々と難しいんだね……）

【はい、難しいんですよ……】

（じゃあ、おやすみ……）

【おやすみなさいませ、マイル様……】

第九十四章　それぞれの活動

「ふぅん……」

馬鹿高い保証金を預託して、図書館で新刊を借りてきたレーナ。

著者は、レーナお気に入りの新進気鋭、ミアマ・サトデイルである。

「スカベンジャーとゴーレムは他の魔物とは違う、ヒト種と敵対しているわけではないのでは、か……。マイル、これ、どう思う？」

「あ、ははは、はい！　う～ん、そうですねぇ……。ここ最近の出来事から考えると、私もそう思います。

事実、私達はいつも攻撃されていませんよね。それは、私達が他のハンター達のように、出会い頭《がしら》にいきなり攻撃、というのをやらずに、友好的に接したからでしょうけど、普通の魔物相手ではそうはいきませんからねぇ……」

いきなりレーナに振られ、慌てながらも無難な答えを返すマイル。

「まぁ、そうなんだけどね……。でも、それも、マイル、あんたがいたから、って気もするんだけどねぇ……」

レーナの言葉に、ギクリとするマイル。

「でも、それも、今更かぁ……」

「ですよねぇ……」

「そうだよねぇ……」

レーナに続く、ポーリンとメーヴィス。

「そして……」

「「「実家の秘伝です！」」」

「ぎくぎくっ!!」

３人に口を揃えてそう言われ、焦るマイル。

しかし、あれだけやらかしたのである。レーナ達に、マイルがゴーレムやスカベンジャー達に『好かれている』、もしくは『友好的な相手だと判断されている』と思われているのは、ほぼ確実であった。

「しかし、人外にも通用する、天然のお馬鹿さんかぁ。羨《うらや》ましいような、全然羨ましくないような……」

「私は御免だね」

「私もです……」

レーナの呟きに、反射的にそう答えてしまったメーヴィスとポーリン。

「え……」

マイル、愕然。

「な、ななな……」

そして、爆発するマイル。

「何ですか、それはああああぁ～～っっ!!」

＊　＊

深夜。

草木も眠る、丑三《うしみ》つ時《どき》。

暗闇の中で、図書館の書棚から次々と本が抜き出され、机の上へ並べられた。

そして高速でページが捲《めく》られ、その後、元の位置へと戻される。

人影はなく、まるで本が自分で舞っているかのように見えたが、よく見ると、大きめの虫のようなものが本を運び、そしてページを捲っているのであった。そして、各ページをその眼《レンズ》に捉え、記録していた。

その『虫のようなもの』は、ある程度作業を行うと、今日の分は終えたのか、きちんと本を片付けた後、しゃかしゃかと歩いて建物の隙間から外へ出て、それから羽ばたき、やや明るくなりかけた夜空へと消えていった……。

【※※※※※……】

情報解析担当のスカベンジャーが、作業の手を止めた。

ヒト種の中で最も人口が多い『人間』の状況を調査するために、人間の街へ潜入させている虫型の調査機械。その一台が持ち帰った、とある書籍の情報。

それは、ヒト種に魔物の一種と思われているらしき自分達スカベンジャーとゴーレムを、ヒト種と対立する魔物ではなく別種のものではないか、共存が可能なのではないかと説いた、物語の形をとった啓蒙本《けいもうぼん》であった。

【※※※※※……】

そしてスカベンジャーは、調査機械に指示を出した。

この作者が書いた他の本を、優先して調査せよ、と。

その作者の名は……。

「……それを、信じろと？」

「いえ。私達はただ、事実を報告するだけです。報告を受けた方がそれを信じるかどうかは、私達の所掌《しょしょう》範囲ではありません」

それはそうである。裁判ではないのだから、相手に自分が言うことをどうしても信じさせなければならないという必要はなかった。報告内容の精度や信憑《しんぴょう》性を判断し、その情報をどう扱うかは、末端の調査員ではなく、情報部門の上の者、つまり上司が判断することであった。

「…………」

しかし、自らが派遣した調査員の報告を信じなくては、調査を命じた意味がない。

そして、この報告を否定する他の情報があるわけではなく、それどころか、どうにも説明のつかないいくつかの不可解な情報が、この報告を信じるならば、全てのピースがぴったりと嵌《は》まり、理解できるのである。

……しかし……。

「信じられるかあああああぁっっ!!」

＊　　＊

マイル達は、別に自分達の雇い主である偽装商人達に口止めをしたわけではない。

王宮に勤める者が、使命を帯びて調査任務に就いたのである。調査で得た全ての情報を報告することは、国に対する義務であり、忠誠の証《あかし》であろう。それを、護衛依頼を受けただけのハンター風《ふ》情《ぜい》が邪魔できるわけがなかった。

……但し、調査任務とは全く関係のない、ハンターの個人的な能力については、その限りではない。

契約を結んだハンターについて業務上知り得た個人情報を口外することは、ハンターにとっての禁忌中の禁忌。たとえ貴族や王族であろうが、それを無視した場合にはそれなりの報いを受けることとなる。

それは、ハンターギルドによる政治的なものである場合もあれば、ハンターによる個人的なものである場合もあるが、その両者に共通していることは、決して、敢えてそれを受けたいと思う者はいない、そういう類いの『報い』であるということであった。

そのため、マイルの収納魔法については報告されることはなく、また、『赤き誓い』が商人達に報告することがなかった、地下での出来事についても、当然、報告されることはなかった。

……それらがなくとも、充分に『到底信じられない、荒唐無稽《こうとうむけい》な与太話』ではあったのだが……。

「亜人達が、何らかの目的で、とある場所を一時的に占拠した。……これは分かる。

そしてその目的の当てが外れて、撤収。これも分かる。

「……しかし、『古竜の別荘地』！　何だ、そりゃああああっっ!!」

そう言って叫ぶ、上司。

だが、計画を上申して、予算と人員を割《さ》いて実行された諜報作戦である。そして、その作戦を実行する間に過ぎ去った、貴重な『時間』という資源は、いくら金を積もうが、二度と取り戻すことはできなかった。なので当然、成果は報告しなければならない。

薄くなりかけた頭を掻きむしる上司であったが、彼はまだ知らなかった。

この後、『帝国の岩山から天空に駆け上る、謎の火箭の群れ』、『帝国軍の現場部隊や補給部門が大混乱に陥り、軍事行動の大半が停止状態となった』、『軍部に、聖女を讃える一派が発生しているらしい』、その他様々な不確定情報がもたらされ、自分達も大混乱に陥ることなど……。

＊　＊

「……そろそろ、勘弁してくださいまし……」

そう言って、泣きが入っている、モレーナ王女。

そう、マルセラ達『ワンダースリー』の出奔《しゅっぽん》……正式には王女の特命ということなので、出奔ではないのであるが……を計画し手引きした主犯として、両親である国王陛下夫妻、マルセラに固執していた兄と弟、そしてマルセラを長男の嫁にと狙っていた多くの貴族達から責められて、王宮からの外出回数の削減、お小遣い5割カット、勉強時間2割増しの他、尊敬している兄と可愛がっていた弟からの冷たい視線に晒されて、さすがに心が折れそうであった。

しかし、一応、情状酌量の余地がないわけではなかった。

アスカム女子爵の捜索は、事情を知っている者達からは切望されていた。しかし、他国で兵を動かすこともできず、間諜達を派手に活動させるわけにもいかなかった。それに、そもそも捜すべき場所の見当すらつかないのでは、強引なことをしても、効果は望めない。

しかし、彼女との付き合いが長く、彼女の思考パターン、行動パターンを熟知している、同年代の少女達であれば？

誰にも警戒されることのない、年端も行かぬ少女達であれば？

そして、国を渡り歩いても何の不思議もない、新米ハンターパーティであれば？

そう、モレーナ王女の判断は適切なものであり、その知恵と計画性、そして誰にも察知されることなくそれを実行し成功させた手腕は高く評価され、『知謀の第三王女』、『謀略王女』として、密かにその評価を高めていたのである。

「……しかし、それとこれとは別じゃ！」

「マルセラの身に何かあったら、いったいどうするつもりだ！」

「姉上、酷い!!」

そして今日も、父親と兄、そして弟に叱られ、涙目のモレーナ王女であった……。

「……で、どうして報告が全然来ないのですかあああぁっっ!!」

そう言って、今日も枕を殴り続ける、ひとりの王女の姿があった……。

閑話　灼熱の男

「あ〜、退屈だなぁ……」

アルバーン帝国への偽装商隊護衛依頼を終え、そして古竜達相手の、生死を懸けた戦いが終わってからしばらく経《た》った頃、ポーリンが、久し振りに一度実家に顔を出したいと言ったため、長期休暇を取った『赤き誓い』。

いつもの休暇期間である一週間やそこらでは、ポーリンやメーヴィスが遠くの実家に帰省するには日数が足りない。なので、『赤き誓い』初の、3週間に亘る長期休暇を取ったわけであるが……。

実家に戻った、ポーリンとメーヴィス。

父親と仲間達のお墓参りに行った、レーナ。

……そして、実家に帰省するわけにもいかず、暇を持て余しているマイル。

「ひとりの時にやりたい、時間が掛かること……。

妖精狩り。……やった。

可愛い女の子に手取り足取り。……マレエットちゃんで堪能《たんのう》した。

あ、そうだ、また学園に忍び込んで、ちょっとマレエットちゃんの様子を見てこよう……」

殆ど、いや、完全に、ストーカーであった……。

ストーカー……。自分の望み、欲望を叶える……。

「それは、タルコフスキーの映画ですよ！　『部屋』ですよ、『ゾーン』ですよっ！　そして、変質者の映画ではなく、ちゃんとしたＳＦ作品ですよっ!!」

突然、わけの分からないことを叫ぶマイル。

どうやら、何やら勝手に連想してしまったようである。

「でも、３週間は、暇だなぁ……。王都でやることは、普段の一週間単位の休暇でもできるし、休暇じゃない時にもできるし……。

ここはひとつ、ひとり旅でもやってみるか！」

普通、この世界では、少女のひとり旅というものは危険に満ちている。

盗賊だけでなく、地廻りのチンピラや、ごく普通の旅人でさえも、可愛く非力な少女が人気《ひとけ》のない街道をひとりで歩いていれば、良からぬ考えを抱くことがある。

食べるのがやっとの、貧しい農村を通り掛かることもある。……その中には、村ぐるみで旅の商人を襲う悪質な村や、犯罪者の溜まり場となっている村もある。

つまり、少女のひとり旅など、危険に満ちており、正気の沙汰ではない。

……マイルには、全く関係ない話であるが。

そう、マイルには、そんなことは全く、これっぽっちも関係なかった……。

「よし、行くぞう！」

斯《か》くして、マイルのひとり旅が決行されたのであった。この国の言葉で勝手に作った、怪しげな演歌を口ずさみながら……。

＊　＊

「うむうむ、順調、順調……」

盗賊や、怪しい連中が何度か近付いてきたが、その度、マイルは走った。そう、『全速』で。

一瞬姿がブレたかと思ったら、次の瞬間には、既にひゅん、と遥か彼方へと走り去っている少女。

……追いつけるわけがなかった。

盗賊を捕らえればお金になるけれど、街まで連れていって手続きして、というのは時間がかかるし面倒だから、相手にしないことにしたのである。そういうのは、休暇中ではなく、通常営業の時だけで充分であった。

いちいちそんなのに関わり合っていたら、あっという間に休暇期間が過ぎてしまう。いくら3週間とはいえ、この世界での一週間は6日しかないため、日数としては18日間しかないのである。

しかし、まぁ、マイルひとりであれば、移動に要する日数はかなり少なくて済むのであるが。普通に歩いて移動しても……。

最終手段である、水平方向《よこむき》に落下するという重力遮断魔法《ケイバーライト》を使えば本当にすぐに到着するが、それではあまりにも風情がないし、旅の楽しさも何もない。なので、普通に、通常の2倍くらいの速さですたすたと歩き続けるマイルであった……。

マイルの進行方向は、王都から南西方向である。

その方角には、『赤き誓い』の本拠地《ホームタウン》であるティルス王国、マイル、いや、アデルの母国であるブランデル王国、そしてアルバーン帝国の3国が国境を接する場所があり、そこは、関係が良好なティルス王国とブランデル王国対アルバーン帝国の、いささか険悪な睨《にら》み合いの場所であった。

特に、ティルス王国とブランデル王国は、互いに相手国にアルバーン帝国が本格的に侵攻した場合、国境線を越えて進む帝国軍の側方から襲い掛かるべく、眼を光らせている。

……そう、『本格的に侵攻した場合』、である。

帝国としての本格侵攻ではなく、国境に面した貴族領の独断による、領軍を使ったちょっかいや領地の切り取り目的の小競り合いには、手を出すつもりは全くない。

そんなものに手を出すと、侵攻を受けた領地が他国の支援をアテにして逆に帝国領へ侵攻しようとしたり、本当に国家規模の全面戦争に発展するおそれがあるので、当然である。

そんなものは、自領で何とかするか、自国の国軍に助けを求めるべきものである。

友好国政府の要請もなしにすぐに緊急出動するのは、帝国が相手国の王都を目指す本格侵攻を始めた時だけであり、それは様々なパターンごとに細かく決められた条約に基づいたものである。

そして3国共に、それぞれの国境が接する地点のすぐ近くにそこそこの規模の街ができている。

大きな街道があるわけではないので、商業的な理由でできた街ではなく、そう大きなものではないが……。

まぁ、そういうわけで、その『微妙な場所』である国境のすぐ手前にある街で、『そういう場所の空気』というものを見物しようと思い立ったマイルであった。

そう、マイルにとっては、現在住んでいるティルス王国も、母国であるブランデル王国も、そして古竜の里やらスカベンジャーが守る拠点やらがあるアルバーン帝国も、全て『身内が住む国』であり、不毛な殺し合いが起こるのは決して望ましいことではないのである。


「……着いた」

そして、些《いささ》か常識を超えた速さで目的地へと到着したマイル。

一応、とりあえずハンターギルド支部に顔を出すが、それは手っ取り早く情報を手に入れるためにギルド支部の情報ボードを確認するのが目的であり、別にソロで依頼を受けるつもりはなかった。

「ん〜と、情報ボードには、特に変わった情報は……、あったよ、オイ……」

『アルバーン帝国領からブランデル王国に対し侵攻の兆候あり。国境を跨《また》ぐ依頼の受注者は注意さ

れたし。但し、国境に面した貴族領の勝手な行為である確率が高く、帝国政府自体は直接関わっていない、小競り合いではないかと思われる』

「うん、帝国が本格的な侵略を始めるには早過ぎるよねぇ……。しかし、こんな正確な情報や分析結果、いったい誰が持ってくるんだろう……」

そんなことを呟きながら、今度は依頼ボードを見るマイル。

「え～と、多分、こういう時には……、あ、あったあった！」

『緊急募集　傭兵　１日当たり小金貨６枚　アレイメン男爵領』

募集人数や期間も書いてないし、傭兵ならばここではなく傭兵ギルドに依頼するはず。

それが、こんな曖昧《あいまい》な書き方でハンターギルドにまで依頼が貼ってあるということは……。

「『赤い依頼』かぁ……」

マイルの呟きに、周りにいたハンター達が苦笑する。

「ま、そういうこった。その男爵領は、直接敵国と対峙《たいじ》するのを嫌がった他領が緩衝地帯みたいにして利用しているところで、小競り合いの被害は全部その男爵領、他領は国軍が来て帝国の奴らを追い払う時に少し兵を出してやってお茶を濁す、って感じだな。

男爵家も、一応は他家の領軍に世話になるわけだから強く出られないし、位置的なことはどうしようもないからなぁ……。

毎回畑は滅茶苦茶になるし、若い女は連れ去られるしで、最低最悪の領地だぜ。

しかも、盗賊相手ならばまだしも、兵士相手の戦いが確実にあるというのに、1日当たり小金貨6枚だと。おまけに、こっちは弱小の男爵領、相手は食うに困って必死で戦う伯爵領だとさ。ふざけんな、ってんだよ！

どうせ、傭兵を一番前に出して使い捨てるに決まってらぁ。だから、傭兵ギルドの者は誰も受けねぇよ。勿論、俺達ハンターもな！」

ぶっちゃけられた。

まぁ、ここにいるハンター達も、12歳前後に見える少女ハンターがひとりでそんな依頼を受けるなどとは思ってもいないので、新米ハンターに世間話をしてくれただけなのであろう。

見慣れない顔ではあるが、勿論『修行の旅』に出るような年齢でもないし、たったひとりなのだから、親に買ってもらった中古の装備を身に着けて、今からハンター登録をするのだろう、とでも思っているのかもしれない。

なので、十代半ばから後半くらいの少年パーティが、眼をギラつかせてマイルに視線を向けていた。おそらく、ハンター登録が終わると同時に勧誘の声を掛けるつもりなのであろう。

マイルが身に着けている装備は、新人としてはそう悪くないし、それは両親がそんなにお金に困ってはおらず、娘がハンターになることに協力的だということである。

……そして、マイルは客観的に見て、可愛かった。

そう、そういうことであった……。

そしてマイルは受付窓口に行き、受付嬢のお姉さんに申告した。

「あの～、隣国から出されている傭兵募集の依頼、受けます！」

「「「「**ええええええええええ～っっ!!**」」」」

ギルド中に叫び声が響いたが、それは、仕方ないであろう……。

「い、いいえ、確かにランク制限は書いてありませんが、常識的に考えて、こういう依頼はCランク以上というのが暗黙の……」

「あ、私、Cランクです！」

「「「「ええええええええ！」」」」

再びギルド中で上がる、叫び声。

まぁ、ハンター養成学校がない国では、10歳で正規のハンター、つまりFランクになった者が、僅か2～3年でCランクに、つまり3ランクも上がれるはずがない。確かに登録時のスキップ制度があるが、剣士の恰好をしたマイルは、到底DランクやCランクでスキップ登録できそうには見えなかった。

これが魔術師であれば、とんでもない才能があればそれもあり得なくはない。しかし、マイルは剣士装備であり、そしてその体格、筋肉の付き方、歩き方、重心移動、付近への注意力や威圧感、表情その他、全てが明確に示していた。……雑魚《ざこ》である、と。

少なくとも、Eランクならばともかく、絶対にCランクの腕前ではない。ここにいる者達は皆、自信を持ってそう断言できた。

疑わしそうな眼で、黙って自分を見詰める受付嬢に、仕方なくマイルはごそごそと服の内側から、チェーンで首から下げられたペンダント型のものを取り出した。そして、それを受付嬢に差し出す。

「はい、これ……」

「え……、あ、はい……、って、ええええええ!!」

驚愕《きょうがく》に、眼を剝《む》く受付嬢。

そう、それは、材質と表側の意匠化された文字でランクが、そして裏側に刻印された文字で登録した支部と登録番号、名前と職種《ジョブ》が分かるようになっている、ハンター登録証であった。

「し、Cランクの魔術師……」

「「「「剣士じゃねぇのかよ!!」」」」

というわけで、無事、受注完了。

受付嬢と地元のハンター達に必死に止められたが、一人前のCランクハンターの受注を禁止するには、ギルドマスターが正当な理由の下に正式に指示する必要があり、もし正当な理由なくそのようなことをすれば、ギルド員側が何らかの処分を受けることは免れない。なので、マイルが『あそこは私の母国なので……』と言えば、誰にも止めることはできなかったのである。

そして、男爵領は全く無関係ではあるが、ブランデル王国がマイルの母国であることは嘘ではない。……そのような理由を告げるまでもなく、受注を拒否されることはなかったのではあるが。

そして、マイルは出発した。

すぐそこにある国境線を越えて、普通のハンターならば徒歩1日、マイルであれば半日もあれば余裕で着ける、小さな男爵領目指して……。

＊　　＊

ケルビン・フォン・ベイリアム。

ブランデル王国の、決して裕福とは言えない男爵家の五男。庶子《しょし》である。

庶子とは言っても、正式な側室の子ではなく、侍女に手を出して産ませた、言わば『愛人の子』である。

この国では、貴族や王族の側室は正妻公認の存在であり、その生活は全て主人が面倒を見て、子供も認知される。しかし『愛人』というのはそれとは違い、日陰の存在であり、何の保障もされない。主人の気が変わって捨てられれば、それまでであった。

しかし、ベイリアム男爵もその妻も、貴族としては善人であった。侍女も、その子供も家族として迎え入れ、きちんと養育してくれたのである。……かなりのお人好しであった。特に、妻の方が。

そして、エクランド学園に入学したケルビンは、そこで、生涯のライバルと出会った。

……あくまでも、ケルビンから見て、であるが。

相手側は、ライバルどころか、鬱陶《うっとう》しい羽虫のようにしか認識していなかったのである。

色々と拗《こじ》らせて一方的に相手を敵視していたケルビンであるが、ある日、ケルビンの態度に我慢の限界を超えたライバルから『貴族たる者の在り方』、いや、『男としての生き方』について熱く迸《ほとばし》る言葉で薫陶《くんとう》を受け、己の生き様《いざま》に開眼。

そして学園卒業後は、下級のエクランド学園出身者はどうせ出世できないであろう国軍や、そもそも最初から上級のアードレイ学園出身者以外は相手にもされないであろう近衛軍とかは無視し、貴族家の領軍に入ることにしたのであった。

領軍は、一般兵や下士官は領民からの志願兵と強制徴募兵で構成されているが、さすがに士官には貴族を配置しないわけにはいかなかった。

そのため、下級貴族の三男以下を召し抱え、将来の中堅士官とするため育てる、ということは、普通に行われている。さすがに、領軍全体の指揮は、信用ある家臣に任せているが……。

いくら新米ではあっても、貴族を平民の下につけるわけにはいかないため、まだ若く未熟ではあっても、勿論最初から士官待遇である。未成年の間は、士官見習というか、士官候補生、とでもいうべき立場であるが……。

部下達、特に叩き上げの下士官達に信頼され、本当に上官として認められるかどうかは、最初から与えられた階級とは、また別の話である。

そしてケルビンは、隣国アルバーン帝国との国境に面した、とある男爵家の領軍に士官候補生として雇用された。

その男爵家としては、危険な現場で指揮を執らせるための要員を雇ったに過ぎないが、ケルビンはここで現場の知識と技術を身に付けて、行く行くは、と、将来のことを計画していたのである。

そう、こんな小さな男爵領の領軍の下っ端士官で終わるつもりなど、更々《さらさら》なかった。

小さな男爵家の領軍は、総司令官は勿論、男爵自身である。あと、男爵の弟、そして分家の三男以下の者がふたりと、数少ない士官枠は、全て親族で占められていた。そこに、雑用や面倒な仕事、危険な仕事を押し付けるための下っ端士官を余所《よそ》者にやらせるために雇用されたのが、ケルビンであった。なので、いくら働こうが手柄を立てようが、ケルビンが出世することはあり得ない。

一人前の貴族はそんな職には就こうとしないので、貧乏貴族の愛人の子、という弱い立場のケルビンを喜んで採用したのであろう。

そして、ある日……。

「帝国軍が侵攻してくると？」

「そうだ！　私は、陛下に国軍を派遣して頂けるようお願いに行く。

お前を、今、この場で士官に任命してやるから、私達が援軍と共に戻るまで、領地を守り抜け。逃げることは許さん！　もし逃げた場合は、敵前逃亡、いや、利敵行為として打ち首に処す！」

まだ雇われてから数カ月にしかならないケルビンに全ての責任を押し付けて、さっさと自分と家族、家臣、腹心の部下達を連れて逃げ出そうとする男爵に、そう命じられたケルビン。

こういう時に勝手に逃げられないように、ケルビンのような、他の貴族家の、立場の弱い者を雇うのである。もし逃げたら、あることないこと触れて廻り、実家の名が地に落ちるぞ、という脅しが効くので。

急に士官に任命したのも、おそらく、『見習いの候補生に全てを押し付けた』というのは外聞が悪いため、『現場を士官に任せ、援軍の要請に行った』と言い張れるようにとの理由なのであろう。

愛人の子である自分を厚遇してくれたベイリアム家に、迷惑を掛けることはできない。

同じく、貧乏くじを引かされた領軍の一般兵達と共に、何とか領都を守るしかない。

そう、自分を含め、家族や親族等、一族郎党が皆この領地の者である兵士達もまた、領主の命令に逆らって逃げ出すことなどできない者達なのであった。

国境線を境目としてこの領地に隣接する帝国側の伯爵領からの侵攻の情報は、かなり早い段階で把握されていた。

この時代に、軍の行動を完全に秘匿することなどできるはずがないし、傭兵を雇ったり、物資の購入や輸送の準備等で、そういうことに注意を払っている者にはすぐに分かる。

そして、さすがに国境に面した領地を持っているだけあって、男爵は帝国を拠点としているハンターや、帝都の飲み屋のオヤジ等に『何かあった場合には、知らせてくれれば情報を買う』と言ってあったらしく、時間的にはまだ余裕があった。どうせ駄目だとは思いつつも、形式的に、近隣の街の傭兵ギルドやハンターギルドに人員募集を掛けるくらいの余裕は。

そしてその募集は、国境線がすぐ近くである、友好的な隣国の街にも及んでいた。

……勿論、伯爵領軍対男爵領軍、しかも相手は万全の準備を整えて攻めてくる、というような戦いに馳せ参じる馬鹿はいない。逆に、男爵領の傭兵募集の告知を見て、帝国側に売り込みに行く者まで出る始末であった。

そして結局、貴族や上級士官が全員逃げ出して、ケルビンと下士官、そして一般兵だけが取り残された男爵領軍が、領都（という名の、ただの小さな町）で敵を迎え撃つこととなったのである。

国境で迎え撃たないのは、勿論、相手に少しでも補給的負担を強いるためである。

敵を領内に引き入れれば自領の畑が荒れるが、畑を荒らさないということを優先して、領軍が壊滅して敵に領地を奪われたのでは何にもならない。


「指揮官殿、お互い、貧乏くじを引いちまいましたねぇ……」

「指揮官？　そんな大層なもんじゃあ……」

古参の下士官に『指揮官』と呼ばれ、苦笑するケルビン。

「いや、上の連中がみんないなくなって、唯一残ってくれた士官なんですから、今は立派な指揮官殿ですぜ！」

「……それもそうか……」

言われてみれば、確かにその通りである。

現場での最上位者なのだから、立派な指揮官《コマンダー》である。

誕生日が早いためもう14歳になっているケルビンは、地球での欧米人種にあたるため、幼少の頃から鍛えていることもあり、既に立派な体格であった。大人と戦うにも、見た目的には何の遜色もない。

……しかし、それでもまだ、成人となる15歳までには1年近い期間がある。

そんな、自分の孫くらいの年齢であるケルビンを、ちゃんと士官として認め、立ててくれる古参の下士官。それはおそらく、他の鼻持ちならない士官連中とは違い、ケルビンがこの数カ月間で自ら勝ち取った『部下の兵士達からの信頼』という、かけがえのない宝物のおかげであろう。

そして……。

遂に、領都まで来た帝国軍。

……国軍ではなく、この男爵領に隣接する伯爵領の領軍であるが、この国の者にとっては、『ア

ルバーン帝国からの侵略軍』なので、同じことである。

「よし、出るぞ！」

たかが男爵領である。領都とは言っても小さな町に過ぎず、別に城塞や城郭があるわけではない。なので、籠城戦などはできないし、町に立て籠《こ》もれば、町の人達が戦いに巻き込まれて被害が出るだけであった。

そのため、領都から出て、その前方で戦う。

全滅は必至であるが、領民達で編成された領軍が立派に戦ったとなれば、敵に占領された後も『腰抜け共の町』といって侮られることもなく、そして王国軍によって奪回された場合も、『戦いもせずに帝国に寝返った、腰抜けの裏切り者共の町』として蔑《さげす》まれることもあるまい。

……そして、若輩《じやくはい》ながらも領軍を指揮して立派に戦ったという名誉をもって、愛人の子である自分を家族の一員として育ててくれたベイリアム家に対する恩返しとする。

そう考えて、ケルビンは領軍を率いて領都を出た。

但し、その前に、兵士達にこう告げて。

「希望者には、この場で除隊を許可する。その者達は私服に着替え、ただの平民として領都の民の間に紛《まぎ》れよ。そして、庶民として、幸せに暮らすがよい……」

そしてケルビンは、約半数に減った兵を率いて、領都の前に陣を張るのであった……。

数の差は、残酷であった。

帝国兵は、勝利が確実である戦いで無理をして死ぬのは御免だとばかりに、自分が死なないようにとあまり積極的ではない戦い方をしていた。

しかしそれでも、戦闘開始時における両軍の兵力差は如何《いかん》ともし難く、ランチェスターの一次法則の通りに、急速に男爵領軍の兵力を削っていった。

ケルビンは、指揮官でありながら自らも前線に立ち奮闘したが、それも、もはや限界であった。

いくら幼少の頃から剣術の鍛錬をしていたとはいえ、そしていくら相手が雑兵であったとはいえ、圧倒的な人数差の前には、疲れ、致命傷ではないものの切り傷が増え、血を流し、しだいに剣を握る握力が弱まり、足がふらつき、眼がかすみ、そして……。


ぱきぃん！


決して『名剣』などとは呼べない、数打ちの剣が折れた。

そして、それと共に、ケルビンの心も……。

剣が折れて一瞬動きが止まった隙を逃さず、敵兵が放った一撃がケルビンの胴を打った。

防具のおかげで致命傷とはならなかったものの、鉄の棒で思い切り殴られたのと同じであるため、ダメージはそう軽くはない。元々限界を迎えて、いや、とっくに限界を超えていたケルビンは、その場に倒れ伏した。

しかしその時、ケルビンの心は苦痛や無念さよりも、これで休める、これで終われる、という、甘美な香りに包まれていた。

（これまで、か……。だが、俸給分の仕事はしたし、義務は果たした。ベイリアム家の者として、恥となるようなことはあるまい……。このまま死んでも、何も……、何も……）

しかし、ケルビンは、心の片隅にトゲが刺さっていることに気が付いた。

（ああ、あいつに、謝っていないや……。もう一度、あいつに会って、ひと言……）

そして、視界の隅に、自分に向かって剣を振り上げ、そして振り下ろそうとしている敵兵の姿がぼんやりと映った。

「あ……、で……」

ぎぃん！

「うわぁ！」

…………

しばらく経っても、斬撃が行われる気配がない。

……そして、太陽の光を遮《さえぎ》って自分の上に掛かる、何者かの影。

「……誰だ？」

かすみ、ぼやけた眼には、小柄な人物のシルエットしか分からない。

しかし、どうやらこの人物が助けてくれたらしいことだけは、間違いないようであった。

「……傭兵募集の依頼を受けた、ハンターです」

あのような条件で、負け戦が確実である戦いでの傭兵募集の依頼を受けてくれる者がいるとは、思ってもいなかった。

ただ、領主であるアレイメン男爵が国王陛下への報告で『領地防衛のために、あらゆる手を尽くしました』と言えるようにと形式的に出しただけの依頼であり、戦闘マニアや食い詰め者の傭兵ならばともかく、ハンターが受けるような内容でも、そして妥当な報酬額でもない。ハンター達に『赤い依頼』と呼ばれる、筋の悪い依頼である。

早い段階で受けて日当を稼ぎ、いよいよ危なくなってきたら『他の依頼があるので、俺達はこれで……』とか言って逃げる悪質な傭兵達ですら、今回は誰も来なかった。

その、傭兵でさえ受ける者がいなかった依頼を、この局面になって受けるような馬鹿がいるとは、ケルビンの予想の範囲外であった。

そして、その声が、まだ年端も行かぬ少女のようであることも……。

自分の記憶の中にある少女の声に似ているような気がするが、それはただ単に、死の間際における自分の幻想に過ぎないのであろう。ケルビンは、少し朦朧《もうろう》とする頭で、そう考えていた。

「……馬鹿共は、全部で何人来てくれた？」

勿論、こういう場合の『馬鹿』というのは、最大限の賛辞である。

「ひとりです」

「え？」

「私、ひとりですよ。馬鹿が、そうそう何人もいるもんですか！」

あまりの返事に、一瞬固まったケルビンであったが、すぐに笑い出した。

「……はは、違いない……」

自分は、ここで死ぬ。その運命は、変えられそうにない。

しかし、この、何となく懐かしい感じがする馬鹿な少女には生き延びて欲しい。

そう思い、ここからの離脱を指示しようとした時。

少女の口から、ある言葉が溢《こぼ》れ出た。

「……今、あなたの心は燃えているの？　魂は、光り輝いているの？」

「え……」

その言葉に、呆然とするケルビン。

それは、忘れもしない、あの日、あの少女が口にした言葉……。

そして、答える言葉は、これしかなかった。

「……俺の心は、燃え続けている。そして俺の魂は、光り輝いている。ひとりの少女に心と魂を殴りつけられた、あの日から、ずっと……」

「ふうん、あなたの名は、地面に這いつくばった状態で口にできるほど、安っぽいものなんだ……」

「お、俺は、俺の名は……」

「……あなたは、誰？」

その言葉に、歯を食いしばり……。

「俺の名は、俺の名は……」

折れた剣を支えに使い、ふらふらと立ち上がるケルビン。

「ベイリアム男爵家五男、ケルビン・フォン・ベイリアム……、いや！」

頭を振って、今、口にした言葉を払い飛ばす。

「俺の名は、ケルビン！　灼熱《しゃくねつ》の男、ケルビンだああぁっっ!!」

どっしりと仁王立ちしたケルビンは、折れた剣を天にかざして絶叫した。

そして何事かと、動きを止めてこちらを見る、敵味方の兵士達。

「あなたに、３つのものをお貸ししましょう。ひとつは、これ、疲労回復薬です」

そう言って、アイテムボックスから1本の小瓶を取り出したマイル。

その瓶の中身は、『ミクロス』のような、ただナノマシンが詰まっているだけの液体ではなく、栄養分がたっぷりと入れてある。そして中のナノマシンには、前もって体内の疲労物質の分解と肉体強化の役割を指示してある。

「疲労がポンと飛ぶ薬、ヒロポ……、いやいやいやいやいや、『疲労がポンと飛ぶ薬』です！」

「……そのまんまじゃないか……」

しかし、ケルビンの言葉をスルーして……。

「次に、これをお貸ししましょう。但し、後で返してもらいますからね、私の愛剣なんですから！」

そう言って、鞘《さや》から剣を抜き、ケルビンに渡すマイル。鞘を渡さないのは、絶対返してもらう、という意志を強調する意味もある。

そしてその剣を、真剣な表情で、黙って受け取るケルビン。

普通、剣士が自分の愛剣を他者に託すなど、余程のことがない限り、行われることではない。

マイルは、そんなことは全く考えてはいなかったが。……剣士ではなく、魔術師なので。

「……そして最後にお貸しするのは、勿論、……私の力です！」

そう言って、いきなり詠唱省略魔法を放つマイル。

「エリア・ヒール!!」

それは、使える者は国に数人程度と言われている、最上級の範囲回復魔法であった。

……少なくとも、未成年の小娘に使えるような魔法ではない。絶対に……。

そして、輝く光の粒子が戦場全域の味方の兵士達にのみ降り注ぐ。


混戦の戦場においては、相手の戦闘力を完全に奪えば、無理にとどめを刺す必要はない。

そんなことをしている間に後ろから斬り掛かられては堪らないし、この戦いで勝負が決まらなかった場合、重傷者を抱えた敵軍は食料や医薬品の消耗、怪我人の世話に必要な人員等、大きな負担を強いられることとなる。そう、傷病者は、死者よりもずっと面倒で厄介なものなのである。

それに、後で捕虜にした場合、貴族や上級士官であれば高額の身の代金が取れる。

……今回の相手では、互いにそれはあまり期待できそうにはないが……。

とにかくそういうわけで、勿論多くの死者が出てはいるが、地面に転がっている者達の中にはまだ息がある者が結構多かった。そのうちの、味方の兵士達に降り注ぐ、綺麗な光の粒子……。

「え……」

「な、何だ……」

「傷が、治……る……」

呆然とし、そして武器を握り直して立ち上がる、味方の兵士達。

「「「……女神の、奇跡……」」」

そして、立ち上がることなく地面に横たわったままの戦友達の骸《むくろ》に眼を遣る兵士達。

いくら女神の慈悲、女神の奇跡であっても、死者は蘇らない。仲間達の多くは、既に女神の御許へと召された。

そして、残された自分達がやるべきことは……。

兵士達の眼は、怒りと、そして使命感に燃えていた。

自分達が、必ず護る。先に逝った、仲間達の分も……。


次々と立ち上がる味方の兵士達の姿、そして二度と立ち上がることのない味方の兵士達の姿をじっと見詰めた後、マイルから渡された疲労回復薬を一気飲みし、はっきりと見えるようになった眼でマイルの顔を見るケルビン。そして……。

「灼熱のケルビン、参る！」

単騎で敵陣へと突っ込むケルビンと、それに追従するマイル。そして更にそれに続く味方の兵士達。

……英雄の誕生であった。

そして今度は、敵軍に向けて範囲攻撃魔法をぶちかますマイル。

「打ち上げ花火、下から爆発するか？　横から爆発するか？　連続発射!!」

ちゅど～ん、ちゅど～ん、ちゅど～ん！

高度ゼロ、つまり地上で次々と爆発する、花火を模した炸裂魔法。

派手に火花を散らして炸裂する割には、殺傷力は低い。しかし、脅しの効果は抜群であった。

「敵の魔術師部隊の総攻撃だ！　少なくとも、小隊規模以上だぞ!!」

敵の間で、そんな叫びがあがっていた。

そう、このような大規模な範囲魔法がひとりの魔術師により連発できることなど、あり得ない。

最低でも小隊単位以上の魔術師部隊が現れたと判断するのは当然である。そして、近接戦闘が得意ではない魔術師部隊が、単独で行動するわけがない。そこには必ず、魔術師達と行動を共にする精強な兵士達が随伴しているはずであった。

そして、そのような大規模な魔術師部隊と精鋭部隊を抱えるものなど、国軍の特殊部隊か近衛軍くらいしかあり得なかった。

魔術師がいない普通の部隊、それも精強な国軍ですらない地方の貧乏伯爵領の領兵如きが「魔術師を大量に抱えた正規部隊」と正面から戦って勝てるわけがなかった。

悲鳴を上げて逃げ惑《まど》い、連携も人の壁もばらばらに崩れ、大混乱に陥った敵兵達。そしてそこに、敵の本陣へと続く一本の道が開いた。

「**吶喊《とつかん》!!**」

ケルビンの叫びに応じ、戦場にその数十倍の叫び声が轟《とどろ》いた。

そして、開いた敵の隙間にケルビンと共に突撃する兵士達。

それを領都の建物の陰から見ていた『迎撃を辞退した腰抜け達』が、奮起したのか、一斉に建物の陰から飛び出して突進してきた。その中には、剣を手にしているものの、既に防具を外して普通の平民の服に着替えていた者もいる。

……それを見て、『普通の平民が、武器を手にして戦いに参加した』と思った町の人々が、自分達もと、手近にあった刃物や工具、農具、その他様々なものを手にして、それに加わった。

様々なものを消費するだけで物資もカネも生み出さない兵士など、平時であれば領民の人数のほんの1～2パーセント、緊急事態であっても、せいぜい5～10パーセントが限界である。しかも10パーセントなどというのはほんの一時的なもの、そしてそれですら、戦後の国の発展に大きな問題を生ずるような数字である。

自領の守りを空にするわけにもいかず、無茶な徴兵をすることなく侵略に充てられる兵数など、人口比率から見れば、大したものではない。帝国全体が動いたならばともかく、辺境の貧乏伯爵家が領地の拡大目当てに出せる兵数など、たかがしれている。

そこに、馬鹿げた規模の攻撃魔法が連発で叩き込まれ、敵側に英雄が現れ、そして自軍の数十倍の敵が殺到してくる。

人間、死ぬ気になれば、その力には思った程の差は出ないものである。

いくら鍛えた兵士と言えど、竹槍や丸太、鍬やハンマー、包丁等を振りかざした数十人の平民に取り囲まれて、勝てるわけがない。

敗走。

別に戦いに勝とうが負けようが自分達の境遇には殆ど関係のない下級兵士達が選択するのは、それしかなかった。

負け戦ではあっても、生きて家族の許に帰るか。それとも、異国で平民達になぶり殺しにされるか。

どちらを選ぶかなど、考えるまでもない。

斯くして、勝敗は決した……。

＊　　＊

「……というわけで、激戦の末、我が領軍は全滅、最後まで敵と戦い生き残った者達を連れて、国軍による領地奪還をお願いすべく、急いで駆け付けた次第であります！」

王宮の謁見の間で、予定外の緊急報告が行われていた。報告者は、アルバーン帝国と国境を接する男爵領の領主、アレイメン男爵である。その後ろには、領軍の士官である弟と、分家筋のふたりが控えている。

その報告では、男爵と家臣達は領地を守るため八面六臂《はちめんろっぴ》の大活躍をしたということになっていた。

そして、報告を受けた国王の表情は、微妙であった。

驚くでもなし、怒るでもなし、感心するでもなし、慌てるでもなし……。

予想していたものとは全く違う国王の反応に、戸惑ったような様子のアレイメン男爵。

何も喋らない国王に、遂に耐えきれなくなった男爵が喋りかけた時。

「へ、陛下、その……」

「では、領軍は全滅し、男爵領は失われた、ということか？」

国王が、表情の抜けた顔でそう尋ねた。

「は、はい！　直ちに国軍により領地を奪還して頂くか、それが叶わぬならば、国を守るため命懸けで戦った褒賞《ほうしょう》として、他の領地を拝領致したく……」

図々しい願いであるが、そういう前例がないわけではなかった。

陞爵《しょうしゃく》や、陞爵には至らないまでも大きな功績を上げた者が、より良い領地に転封《てんぽう》……国替えとも言われる、いわゆる領地替え……されることは、そう珍しいことではない。

そしてそれらの中には、死力を尽くして敵国の侵略軍と戦った挙げ句領地を失った者に対して、国王の直轄領や代官に管理させている空き領地を賜る、ということも含まれていたのである。

……但しそれは、余程の奮戦を行い武勇を示した者に限られており、滅多にあることではなかったが……。

そして、先祖代々守ってきた領地と領民から離れることを良しとせず、褒美としての転封を辞退する者も少なくはなかった。

勿論、懲罰としての、より悪条件の領地への転封は、辞退することは不可能である。

「ほほぅ……。では、今は既にアレイメン男爵領は存在せず、領軍もまた同じ、というわけか……」

先程と同じ意味の言葉が繰り返された国王の呟きに、男爵は、陛下はただ驚きのあまりしばらく凍り付いておられただけであると思い、安堵の息を吐《っ》いた。しかし……。

「ならば、今、我が国に存在しているあの領地は男爵の領地ではなく、そこを守る兵士達もまた、男爵の領軍ではない、ということであるな。

あい分かった。では、アレイメン男爵領は我が国から失われ、消滅。それに伴い、アレイメン男爵の領主としての任を解く。

そして、全滅した領軍に代わり、自らの軍を率いて侵略軍を追い払い、我が国に領地をもたらした若き貴族に、その新領地を与えることとする。……確か、ケルビンとか言ったな？」

「はっ、ケルビン・フォン・ベイリアム、ベイリアム男爵家の五男です」

横に控えた宰相から、肯定の言葉が返された。

「なっ！　そ、それは……」

　驚愕に眼を見開き、慌てて弁明しようとしたアレイメン男爵であるが、考えてみれば、弁明のしようがなかった。

　自らの口で、はっきりと『最後まで敵と戦い、領軍は全滅した』と国王に報告したのであるから、今更その軍が自領の領軍であるとか、敵を撃退したのは自分達であるとかいう主張をすれば、国王に虚偽の報告をして騙そうとした、ということになってしまう。そして、戦いの結果を見届けることなく戦場を後にした、ということに……。

　それは、反逆罪ではないが、敵前逃亡である。

　領主としての、そして貴族としての義務の不履行。更に、虚偽の報告。

　軍事行動に関する重大な事項に関して国王に虚偽の報告をするなど、重罪中の重罪である。お家お取り潰しどころか、関係者一同、斬首刑は免れまい。

　なので、せっかく国王が惚《とぼ》けてわざと曲解している振りをしてくれているというのに、その言葉を否定することは、文字通りの『自殺行為』であった。

「う……、あ……」

　口をぱくぱくさせながら、唸り声を漏らすことしかできないアレイメン男爵に、国王が冷たい声で告げた。

「愚か者めが。とっくに早馬で知らせが届いておるわ、領軍の指揮を押し付けられた新米士官、ケルビンとやらからな。

お前達が未成年の士官候補生を無理矢理士官にして、全てを押し付けて戦いが始まる前に逃げたこと、金目の物を満載した馬車で出発したこと、その他全てな。積み込んだ財貨が重くて、到着がこんなに遅くなったのであろうが！

そうそう、私財だけでなく、領地の運営費なども全て持ち出したそうだな。返還させるよう、知らせに書いてあったわ……。

領地の運営費は勿論、私財も全て没収し、戦いで荒れた領地の復興のための予算に加えるものとする。そして当然のことながら……」

国王は、アレイメン男爵を睨み付けながら宣告した。

「アレイメン男爵家、及びその分家等、一族全ての貴族籍を剝奪。本家は、当主の3親等までの者を国外追放とする。

我が国に、領民を見捨てて自分達だけ逃げ出すような貴族は不要だ。帝国にでも、どこへでも行くがよい！　本来であれば斬首刑であるところを、それでもこれまで国境に面する小さな領地を守ってきたお前の先祖達に対する感謝の印として、特別の配慮をしてやっておるのだ、文句はあるまい。そして、これ以上の温情は、決してない。もし不服であるなら、本来在るべき裁可を下す。

……何か、言いたいことはあるか？」

貴族籍を剝奪されて国を追われた一文無しの元貴族の行く末など、しれている。

しかし、斬首刑に較べれば、それは確かに女神の御慈悲かと思えるくらいの温情であった。

なので、アレイメン男爵は、ただ黙って平伏するのみであった……。


そして、アレイメン男爵一行が退出した後。

「しかし、まさかここであの名が出るとはな……」

「はい、まさか今になってA・Aの名を聞くことになるとは、思ってもいませんでした。やはり、自分が依代《よりしろ》にしている少女の母国のために、女神がお力添えを……」

宰相の言葉に、大きく頷く国王。

「うむ。報告には、アデル・フォン・アスカム……、コードネーム『A・A』に救われた、とあるが、おそらくそれは、『A・A』の意識を乗っ取り身体を操作した女神の仕業……、って、なぜ儂《わし》の頭の中には、女神ではなく悪魔のイメージが浮かぶのだ?」

「御安心下さい、陛下。私も同じでございますから……」

どこが安心なのかさっぱり分からないが、宰相のフォローに、少し安心したかの様子の国王。

「うむ、やはりそうか！　儂は正常であったか！

……しかし、まさか国内にいたとは……。あ、いや、あそこは国境のすぐ近くだ、他国にいたが母国に戻ってきた、という可能性もあるか。だが、どちらにしても……」

「はい、女神が宿りし依代、御使いの少女『A・A』は、再び我が国に!!」

「ふは……」

「ふふふ……」

「ははははは！」」

ケルビンの前から立ち去る時、カッコいい決め台詞を考えるのに集中していたため、自分のことを喋らないよう口止めするのを忘れていたマイル。

……致命傷であった。

しかし、ケルビンが彼女の名を知っていたこと、そして正体が分かっているのにわざわざギルドに名を問い合わせたりするはずがないことから、その名はA・A、『アデル・フォン・アスカム』とされ、『マイル』という名が露見することはなかった。

尤も、意図が不明であるハンターの個人情報の開示要求など、たとえ王族からの求めであったとしても、ギルドが従うはずがなかったであろうが……。

そして、国王達が何やら勘違いをしてくれたおかげで、マイルは、何とか即死だけは免れたようであった。

そう、『よかった、致命傷だけで済んだぜ……』というやつである。

どこが『よかった』なのかは分からないが……。

＊　＊

ケルビンの父親であるベイリアム男爵は、王宮からの使者に手渡された書簡を無表情な顔で読んでいた。

「……承知致しました。しばらくお待ちを……」

そう、こういう知らせをもたらした使者には、何か手土産《てみやげ》を持たせるのが慣習であり、当然、この使者もそれを期待しているであろう。

しかし、男爵が無表情であるため、正妻との子ではなく愛人に産ませた子のことであるため不機嫌になったのかと思い、これは大したものは貰《もら》えないいかと、使者の男は落胆していた。

手土産というのは、現金ではあまりにもあからさまであるため、簡単に換金できる絵画や美術品、純銀製の食器セット等、その場では価値が分かりにくいものが用いられる。……つまり、渡す者の胸三寸、というわけであった。

使者が帰ると、男爵はひとりで自室に戻り、……秘蔵のワインを開けた。

そして、部屋から聞こえてくる男爵の嬉しそうな笑い声に、家族達は怪訝そうな顔をするのであった。

また、使者が貰った美術品を鑑定に出したところ、こういう場合に貰える手土産の相場の5倍近い価格を提示され、驚喜するのであった……。

そして、戦いの事後処理で忙しく働いていたケルビンは、王宮からの知らせを受けて、呆然としていた。

『ケルビン・フォン・ベイリアム、男爵位に叙する。式典の詳細については～』

「……なんでさ……」

第九十五章　妹

「ようやく、落ち着いたわねぇ……」

「そうですねぇ……」

レーナの呟きに同意する、ポーリン。マイルとメーヴィスも、同感であった。

西方への旅、そしてそれに続く、東方への旅。

お世話になった『女神のしもべ』の来訪と、帝国への旅。

立て続けにあった、イベントのてんこ盛り。

そして、ようやく『普通のCランクパーティ』としての、本拠地《ホームタウン》での活動が再開されるのであった。

「普通って、いいですよねぇ……」

「「「え？」」」

そして、何気なく呟かれたマイルの言葉に、『コイツ、何言ってんの？』というような胡乱《うろん》げな視線を向ける、レーナ、メーヴィス、そしてポーリンの３人であった……。

「とにかく、これで旅は一段落。しばらくは王都を拠点として活動し、Bランクを目指すわよ！」

「「「おおっ!!」」」

そう言って、依頼ボードの横で気勢を上げる４人。そしてそれを生温かく見守るギルド職員と、ハンター達。

ギルド職員は、新進気鋭の新人達に期待を込めて。そしてハンター達は、若き日の自分を思い出して、ちょっぴり感傷的になって……。

とにかく、『赤き誓い』は王都支部で現在一番の注目株であり、期待の新人であった。ハンター仲間にとっても、ギルド職員にとっても、……そして、他の者達にとっても……。

「それでですね、私達、そろそろ『新米』だとか『駆け出し』だとか自称するの、やめませんか？」

「「「え？」」」

突然のマイルの言葉に驚く、レーナ達３人。

「いえ、私達、ハンター養成学校を卒業してCランクになってから、もう一年以上経ちますよね？修行の旅も経験しましたし……。

そして、メーヴィスさんとポーリンさんは養成学校に入った時にFランクでハンター登録されましたけど、レーナさんはそれ以前からハンターをやっていてEランクでしたし、私もFランクでしたし……。

そもそも、Fランクだとか、それ以上のランクだけどスキップ申請でハンターになったばかりだとかいうのならばともかく、養成学校で半年間みっちり教育を受けて、それから更に1年以上経っているCランクハンターが『新米』だとか『駆け出し』だとか名乗っていたら、本当の新人さんの立場がなくなるんじゃないかと思って……」

マイルの言葉を聞いていた他のハンターやギルド職員達が、皆、うんうんと頷いていた。

そう、こんな連中に『新米』だとか『駆け出し』だとか自称されては、下の者どころか、彼女達より実力的に劣る先輩ハンター達の立場がない。なので、彼女達が中堅ハンターを名乗ってくれることは、みんなにとってありがたいことなのであった。

「そう言われれば、確かにそうよねぇ……。いつも謙遜《けんそん》し過ぎのあんたが言うだけあって、説得力があり過ぎるわね。じゃあ、これからは、普通に『Cランクパーティ』とだけ名乗りましょうか」

「はい、それでいいと思います」

「私も、賛成だ。依頼主も、『駆け出しの、新米です』なんて言われたら、不安になっちゃうだろうしね。それに、新人だということが免罪符になる時期は、とっくに過ぎて……、いや、養成学校を出てCランクになった私達には、最初からそんな免罪符を使う資格なんかなかったんだよ」

レーナ、ポーリン、そしてメーヴィスも、マイルの意見に賛成のようであった。

なので、今現在をもって、『赤き誓い』は新米を脱することとなった。

「これで私達は、ごく普通の、ありふれた、ハンターの中で一番人数が多いCランクパーティの中のひとつに過ぎません……」

嬉しそうなマイルの言葉に、他のハンターやギルド職員達は、全力で首を振っていた。

……勿論、縦ではなく、横へ。

((((((いやいやいやいやいやいやいやいやいや!!))))))

＊　　＊

本拠地《ホームタウン》に戻り、ごく普通のハンターとしての仕事を始めた『赤き誓い』は、護衛依頼で少し離れた街へ行き、その帰路に就いていた。

自分達の街へ戻る商隊からの依頼であったため、片道分の報酬しか出ず、帰路は無給で歩き、という条件を嫌ってなかなか受注してくれるパーティがいなくて困っている商隊を見兼ねて、殆どボランティアのようなつもりで引き受けた仕事であった。

マイル達は、面倒なだけで大した稼ぎにならないハンター養成学校の卒業検定の仕事を受けていた『ミスリルの咆哮《ほうこう》』や、同じく、危険と報酬額が釣り合わない魔物の押し戻しやドワーフの村へ行く商隊の護衛を引き受けた『邪神の理想郷』と『炎の友情』のようなパーティ、つまりこの世界、というか、このあたりの国の感性では「馬鹿」と言われるようなパーティが嫌いではなかったし、自分達がそのように思われても、全く気にしなかった。

それは果たして、マイルの言動や『日本フカシ話』による影響なのか、それとも元々そのような気質であったのか……。

勿論、帰路では主要街道から外れて森の中を通り、採取や狩猟をしながら進むため、『赤き誓い』にとっては普段の依頼をこなしているのと同等の稼ぎにはなっているのであるが。

いや、普段、人が狩りや採取をしないところを通っているため、いつもより遥かに実入りが良かった。

他のハンター達は、こんなに街から遠い場所で狩りや採取をしても、獲物や採取物を運ぶのが大変である上、鮮度が落ちて価格がだだ下がりであるため、近場の森での狩りに較べて、大変なだけで実入りは却《かえ》って悪くなる。

……収納魔法《アイテムボックス》、反則であった……。

もう、これだけで一生生活には困らないであろう。

そもそも、この収納魔法《アイテムボックス》があれば、貴族や王族、大商人達に雇われて、安楽な生活が送れるのは間違いない。なのに、どうしてハンターなどという危険な底辺職をやっているのか……。

まぁ、この収納魔法《アイテムボックス》の容量や劣化なしという性能を知られれば、マイルが望む『平凡な幸せ』とは縁のない人生が待っているであろうから、仕方ないのかもしれないが……。

＊　　＊

「……ありゃ、こんなところに、村が……」

マイル達が素材採取のために街道を外れ、人が来そうにない森の中を進んでいると、小さな、本当に小さな集落に行き当たった。

「そろそろ野営しようと思っていたけど、村のすぐ近くで、ってわけにはいかないわよねぇ。仕方ないわね、もう少し進みましょ」

普通のハンターは、野営時にたまたま近くに村があった場合には、納屋で寝させてもらったり、まともな食事を分けてもらったりする。

魔物や野獣を警戒しながら、風に晒されて地面に寝転がって寝ることに較べれば、安全な屋内で藁《わら》や干し草を敷いて寝られることは、身体を休めるのにどれだけ効果があることか……。

そして、温かくて栄養がある夕食。……勿論、材料費だけでなく、充分な額の代金は払う。

なので、ハンターにとっても村人にとっても、互いに益があるのである。

……但し、『赤き誓い』を除く。

マイルの料理と、岩でできた携帯式要塞トイレ、携帯式要塞浴室、そして組み立て済みの大型テントや簡易ベッドを持ち歩いている『赤き誓い』にとっては、自分達だけで夜営した方がずっと快適で楽ちんなのであった。

そして、そんな『赤き誓い』が村のすぐ近くで夜営していれば、村人達に不審に思われるのは確実である。

なので、村の近くでの夜営は避ける、『赤き誓い』なのであった……。

「そうですね、2~3キロくらいは離れましょうか」

マイルがレーナの意見に賛成し、メーヴィスとポーリンも頷いた。

「じゃ、もう少し……」


「嫌あぁ！」


「……状況が変わりました！」

緊急時に、無駄な時間を使うような者はいない。マイルの言葉にこくりと頷くと、皆、一斉に声の方向へと全力で駆け出した。……聞こえてきた声が、まだ幼い少女の声だったので。

これがおっさんの悲鳴ならば無視するのかといえば、決してそのようなことはないのであるが、もう少し落ち着いて行動した可能性は否《いな》めない。特に、おっさんの『嫌あぁ！』という悲鳴であった場合には……。

とにかく、今回は幼い少女の悲鳴であったため、問題はない。

……いや、悲鳴が聞こえたということ自体は、大問題であるが……。

「どうしました！」

一番早く現場に到着したのは、４人の中で一番足の長い、つまり一歩あたりの歩幅が大きいメーヴィス……ではなく、マイルであった。

何の不思議もありはしない。何しろ、幼い少女が助けを求めているのだから……。

「た、たす、助け……」

そして、助けを求めるその少女を見た瞬間。

「け、経緯子《けいこ》!!」

ぎんっ!!

少女の腕を摑《つか》んでいる男と、その取り巻きらしい連中を睨み付けた、マイル。そして……。

マイルの顔から表情が抜けた。……ぷんぷん、という普通の怒り方である第一段階をすっ飛ばしての、いきなりの第二段階である。

そして、眼が全然笑っていない笑みを浮かべた。……第三段階である。

そして、怒りに顔を歪《ゆが》めた。……第四段階、つまり、最終形態である。

「死ねえええぇ～～!!」

経緯子。

……それは、マイルの前世である、栗原《くりはら》海里《みさと》の妹の名であった……。

剣を振りかぶって突進してくる、悪鬼のような形相のマイル。

それに続く、同じく剣を抜いたメーヴィスと、その後ろで攻撃魔法らしき呪文を唱えているレーナとポーリン。

……逃げた。

少女の腕を摑んでいた男が、手を離して真っ先に逃げ出し、それに続いて他の連中も逃げ出した。脱角兎《だっと》の如く……。

追いかけて、叩き斬ったり、攻撃魔法をぶち込むことは簡単であったが、事情も確認せずに手を出して、少し、……ほんの少し、『やり過ぎてしまった』場合、マズいことになる可能性がある。実は少女が犯罪者であったり、恋人との痴話喧嘩であったりした場合とか……。

いや、その確率はかなり低かったが、相手を潰すことくらい、いつでもできるので。

人口が密集しているわけではない、こんなド田舎《いなか》であれば、マイルの探索魔法を使えば簡単である。

それに、もしあの連中がただの通りすがりの強制ナンパ野郎でなかったならば、どうせまたすぐにこの村に近寄ってくるはずである。そこを、『ぷちっ』とやれば済むことであった。

まぁ、10歳くらいの少女をナンパするおっさん、というのは、あまりいそうにないが。

……ちなみに、現代日本における『幼女』の定義は、『小学校入学前の、幼い少女』というものが主流であるらしいが、マイルにとっては、もう少し上まで含まれるようであった。

＊　＊

「……というわけなんです……」

マイル達が助けた、その10歳くらいの少女の話によると、どうやら少女を連れ去ろうとしていたのは、しょっちゅう村に来て強請《ゆす》り集《たか》りを行っている連中らしい。

最初は、人を殺したり大怪我をさせたりというような無茶はせず、ちょっとした暴力や盗み、強奪とかをやっていたらしい。

しかし、こんな小さな村に、そんな連中を食わせていけるだけの余剰食料があるわけがない。いや、たとえあったとしても、そんな連中にくれてやる謂《い》われはないし、連中がギリギリの食料で我慢するわけがない。食料、酒、金、……そして女。連中が求めるものは、次々とエスカレートしてゆき……。

そして遂に、さすがに耐えかねた村人達が要求を拒み始めたらしい。

すると、少女が捕らえられそうになった、と……。

おそらく、人質にして色々と要求するつもりだったのであろう。もしくは、人買いに違法奴隷として売り飛ばすつもりだった可能性もある。

「それって、立派な盗賊じゃないの！　どうして最初にさっさと対処しないのよ！」

レーナがそう言って噛《か》みつくが、こんな小さな子供にそれを言っても仕方ない。大人達に言わないと……。

そして、マイルがポン、と手を叩いた。

「あれですよ、あれ、『茹《ゆ》でガエル理論』！　熱湯に投げ入れたカエルはすぐに逃げ出すけれど、水とカエルを入れた鍋を火にかけてゆっくりと温度を上げていくと、逃げるタイミングを失って死んでしまう、ってやつ！　……いえ、あくまでも経済学とかで使う喩《たと》えであって、実際には勿論逃げますけどね、カエル……」

マイルは、まだ動転し混乱した状態から完全には戻っていなかったが、何とか少女の話を聞いて分析できる程度にはなっているようであった。

先程の、マイルらしからぬ動転と逆上には、勿論、理由《わけ》があった。

「なるほど、最初はただの集《たか》り程度で、領主に泣き付いたり、大金を払ってギルドに依頼したりするほどのことではないと思わせておいて、その後、少しずつ状況が悪化していくわけか……」

「元々盗賊で、最初は大した悪党じゃない、という振りをしていただけ、と？」

どうやら、メーヴィスとポーリンも理解した模様である。

そして、今までは子供にはあまり手出ししなかったらしいのに、10歳前後の少女を捕らえようとしたということは。

……おそらく、そろそろ『刈り取り』、つまり、根こそぎ収穫して、次の村へ移動するつもりなのであろう。なので、村を襲い食料や現金、その他のお金になりそうなものを奪い尽くし、邪魔をする村人達は皆殺し、と……。

次に狙われた村の者達は、『ああ、ごろつきが寄ってきたけれど、あの村のような、いきなり襲われて皆殺し、というような極悪盗賊団に狙われたのでなくて、よかった……』とでも考えるのであろう。

そして、同じことの繰り返し。

よくあることであった。

そして、村人達が現状に甘んじ、抵抗も、領主に助けを求めることも、そしてハンターギルドや傭兵ギルドに依頼することもないのであれば、『赤き誓い』には関係のない話であった。

いくら『赤き誓い』の面々がお人好し揃いであっても、物事には、限度というものがある。

自ら立ち上がろうとせず、助けを求めもせず、ただ、いつか誰かが助けてくれるだろうと思って待っているだけ。……それは、俗に言うところの、『女神が救うに値しない者達』であった。

なので当然、『赤き誓い』も、そして、いくらお人好しだとはいえ、さすがにマイルも……。

「助けましょう！」

「「「やっぱり……」」」

そう、当たり前であった。

少女が落ち着いて事情を説明してくれるまでにはかなりの時間が掛かったのであるが、それは、少女以上に、マイルが錯乱して騒いでいたからである。

経緯子、どうしてここへ！

幼女を助けて死んじゃったの？

ふたりとも死んじゃったら、お父さんとお母さんが……。

等々、少女の肩を掴んでガクガクと揺さぶりながらレーナ達には理解できないことを喚《わめ》き散らし、大変であったのだ。

皆で何とか少女から引き剝がし、落ち着かせてから事情を確認すると、この少女がマイルの知り合い（とても大切な人らしい）にそっくりであり、本人だと思って動転した、とのことであった。

……しかし、転生したとしたら、見た目が変わっているのではないのか。

事実、マイルも前世とは違う姿である。ならば、外見が少し似ているからといって、明らかに人種が違うのに、なぜマイルがそんな勘違いをしたのか。

落ち着いてゆっくり見ると、見た目もそうそっくりだというわけではなく、ホクロの位置も違うし、顔立ちや肌の色、髪や眼の色も違う。

……しかし、何というか、『身体全体から立ち上《のぼ》る、オーラというか、雰囲気というか、気配というか、何か、そういうもの』が酷似しているのであった。

まだ小さかった頃の、経緯子。

そう、まだ、自分の姉がぽんこつであることに気付いておらず、美人で優しくて頭のいい、自慢のお姉ちゃんだと思って慕ってくれていた頃の、可愛かった妹の雰囲気、そのものであった。

「あの頃は、幸せでした……。その後、姉ポジションを奪われるまでは……」

「どうして、急に涙ぐむのよ！」

そして、わけが分からず、狼狽《うろた》えるレーナ達であった……。


と、まぁ、そんなわけで、マイルが完全にこの少女に入れ込んでしまったのは、3人には丸分かりなのであった。そのため、マイルがそう言い出すのを予想していない者はいなかった。

「仕方ないわねぇ……。じゃあ、とりあえず、その子を家まで送るわよ」

いくら村の周りが森だとはいっても、さすがに村のすぐ近くは山菜も薬草も採り尽くされているらしく、少女は村から少し離れたところまで来ていたものの、そう大した距離ではない。歩いて十数分程度ならば、念のため、送った方が良いであろう。先程の連中が待ち構えている可能性も、ゼロではない。

そもそも、マイルが完全にその気なので、このままここで別れる、という選択肢はなかった。

＊　　　＊

「ええっ、何ですと！　それはそれは、娘が危ないところを、ありがとうございました!!」

村の自宅へと少女……、メリリーナちゃんを送り届けたところ、御両親からすごく感謝された『赤き誓い』の面々。

まぁ、それはそうであろう。下手をすれば、玩具《おもちゃ》にされた挙げ句、どこかに売り飛ばされた可能性もあったのだから。

しかし、あまり何度も頭を下げられると、居心地が悪くなる。

「じゃあ、私達はこれで……」

両親に、ごろつき共に眼を付けられたかもしれないから当分はメリリーナちゃんから眼を離さず、絶対にひとりで家から出さないようにと念を押してから、そう言って辞去しようとしたレーナ達であるが……。

「いえ、そういうわけには！　もう暗くなってきましたし、今夜は是非、うちにお泊まりくださ い！」

父親からそう勧められたが、正直言って、『赤き誓い』の面々にとっては、初対面の人の狭い家で窮屈《きゅうくつ》に過ごすよりも、いつものテントとベッドで快適に過ごす方が、余程ありがたかった。

それに、風呂は我慢するにしても、今更田舎のぼっとんトイレというのは気が進まない。マイル謹製の快適トイレに慣れてしまった身体には、宿屋のトイレですら苦痛であるというのに、こういうところのものは、ちょっと……。

人間、一度覚えた贅沢や快適さというものは、二度と捨てられないものなのである。

……そう、収納魔法《アイテムボックス》も、美味しい料理も、携帯式要塞トイレも、そして携帯式要塞浴室も……。

勿論、『携帯式』とはいっても、持ち運べるのはマイルだけであるが。


そういうわけで、メリリーナちゃんのおうちに泊めてもらうのは遠慮して、その代わり、家の隣の空き地にテントを張る許可を貰った、マイル達。

そして、さっさとアイテムボックスからテント、トイレ、浴室を出して、設置。

……『浴槽』ではなく、『浴室』である。

更衣室も付いており、覗《のぞ》き対策は万全であった。勿論、トイレの方も。

『要塞浴室』、『要塞トイレ』の名は、伊達《だて》ではない。オークの群れと戦っている最中に催したとしても、安心して使えるくらいである。

そして、入浴や就寝の前にやることがある。

……トイレではない。

いや、勿論、寝る前にはトイレも済ませるが……。

当然のことながら、食事である。そして、そのための、調理。

疲れている時、時間がない時には作り置きのものを出すが（作り置きとはいっても、作りたてと同様で温かい）、そうでない時には、ちゃんと毎回、その場で作る。

味を馴染《なじ》ませるために漬け込みをしている肉とかは、『既にできてるやつ』を使うが、それくらいは料理番組でもやっているから、問題ない。

マイル達が、テントの前に設《しつら》えた簡易かまどで肉を焼き始めると……。

「美味《おい》しそうな匂いが……」

そう言いながら、ふらふらと家から出てきた、メリリーナちゃん。

「フィィ～ッシュ!!」

「……あんた、わざわざ風上側にかまどを設置したり、わざとタレを焦がしてると思ったら……」

奇声を上げたマイルの企みに気付き、心底呆れ果てた様子のレーナ。

メーヴィスとポーリンは、軽く肩を竦《すく》めるのみ。

……慣れた。

ただ、それだけのことである。

「ささ、どうぞどうぞ！」

「……いいの？」

遠慮がちにそう尋ねるメリリーナちゃんであるが、いいも何も、それがマイルの企みであるから、問題ない。

「食いねぇ食いねぇ、肉、食いねぇ！」

「「…………」」

いつものマイルであった……。

恐る恐る、渡されたお皿に載っているタレ付きの焼肉を食べるメリリーナちゃん。

「美味しい!!」

そして、あちこちの家から出てくる子供達と、その後に続く大人達。

どうやら、いい匂いがするものだから扉の影から様子を窺《うかが》っていた子供達が、メリリーナちゃんのあまりにも美味しそうに焼肉を食べる様子と、その歓声に我慢しきれずに飛び出し、親達が慌ててそのあとを追って出てきたらしかった。

「みんな、食べていいよ～！　勿論、無料《ただ》だよ～！」

マイルの言葉に、沸き上がる子供達の歓声。

「但し、無料なのは、子供達だけです！　大人の人達は、有料です！」

続いて放たれたポーリンの言葉に、あからさまに落胆した様子の大人達。

当たり前である。どうして、縁もゆかりもない村人達に、無料で料理を振る舞わなければならないのか。

それは勿論、子供達にも当てはまるのであるが、まぁ、日頃色々と役に立ってくれており、普段はあまり我儘《わがまま》を言わないマイルが強く望んでいるのであるから、それくらいのことは許容範囲である。……それに、レーナ達も、元々子供好きであった。

そして、さすがのマイルも、大人達を無料で餌付《えづ》けするつもりは更々なかったようである。

マイルの目当ては、別に子供達に料理を食べさせてやることではなかった。それは、あくまでも『手段』に過ぎない。

そう、マイルの本当の目的は、子供達に囲まれて楽しく過ごすことなのである。前世ではできなかったこと、味わえなかったことを、今度こそ満喫するために……。

海里として亡くなったのは18歳の時であるが、海里は4～5歳の頃には既に周囲から特別扱いされていたため、マイルが取り戻したいのは4～5歳以降の『楽しい子供時代の生活』であり、マイルが幼女と遊ぶことに拘《こだわ》るのは、そのせいである。

……勿論、17～18歳までの分を全て取り戻すつもりであるが、それは、今の自分がその年齢になってからでいい。

そういうわけで、今のマイルは、4～5歳から12～13歳くらいの者と遊ぶのに必死なのである。

特に幼女は、今のうちでないと遊べなくなるから……。

さすがのマイルも、17～18歳になってから幼女と遊ぶのは何かマズいのでは、と考えるだけの常識はあったようである。

いや、その年齢になっても、『幼女の面倒を見る』、『幼女の世話をする』というのは、セーフかもしれない。しかし、『一緒になって、マジで遊ぶ』というのは、完全にアウトであろう……。

「え、メリリーナちゃん、お姉さんがいたの？」

「うん、美人で働き者だけど、どこか抜けていて、私が面倒を見てあげないと駄目な、ぽんこつお姉ちゃんだったけど……」

「うっ！」

なぜか、胸を押さえて苦悶の表情になったマイル。

「……『だった』？」

マイルが動揺のため聞き逃した言葉をしっかりと聞いていたメーヴィスが、そう聞き返すと……。

「うん、何かに驚いたらしい荷馬車の馬が暴走してね。子供を助けようとして……」

「ぐはぁ！」

「あ、倒れた……」

しかし、別に急病というわけではないらしいのは丸分かりであったため、みんなにスルーされるマイル。

「お姉ちゃんが亡くなったあと、元気がなくなったお父さんとお母さんを支えて、それはそれはそれはそれは、大変な日々を……」

びくんびくん！

「どうしてあんたがそんなにダメージ受けてるのよ……」

なぜか地面で痙攣《けいれん》しているマイルを、不思議そうに見詰めるレーナ達。

そして、地面に倒れ伏したまま、ごめんなさい、ごめんなさい、と泣きじゃくる、マイルであった……。


「おねーちゃん、肉が足りないよ！」

そして、全く空気を読むことなく、マイルにお代わりを要求する子供達。

子供は残酷であった……。

仕方なく、マイルが起き上がって料理の補充をしていると、メリリーナちゃんが他の子供達の世話を始めていた。

「あっ、リレイ、服にタレが付いてるじゃないの！　ちょっと、こっちへ……。ああっ、アンセルナ、また髪におかしな癖が……」

そして、再び硬直するマイル。

「あああああ、経緯子とそっくりなオーラを放つわけですよおおおおぉっっ!!」

＊　　＊

「あんまりみっともない真似をするんじゃないわよ！」

「ごめんなさい……」

臨時開催となった子供達との夕食会が終わり、後片付けを終えてテントに引き揚げた、『赤き誓い』。そして、マイルはレーナに絞られていた。

「しかし、マイルの妹は父方の祖父に引き取られたんじゃなかったのかい？」

「あ……」

そう、マイルが『妹』と言った場合、それは、後妻の連れ子で義理の妹、そして実は父親が浮気相手に産ませた娘なので実の妹である、プリシーを指すことになる。メーヴィス達には、『プリシー』という名は教えていなかったものの、そのあたりの概略は説明したことがある。

「い、妹というのは、近所の女の子のことですよ！　ほら、メーヴィスさんもよく女の子達に付きまとわれて、言われているじゃないですか。『お姉さま……』って！」

「うっ！」

そう言われては、何も言えないメーヴィス。

いや、事実、近所の年下の子に『おねーちゃん』と呼ばれるのは普通のことであるし、妹分とか、『プティ・スール』とか、色々とある。何の不思議もない。

色々と危ないことを口走ってしまったマイルであるが、いくら何でも、その程度のヒントから、マイルがアスカム子爵家以外の家族を持っていたとか、一度死んで転生したとかいうことを思い付く者はいない。なので、今回のことも、『子供の頃に可愛がっていた、近所の妹分……マイルは今でも未成年であり、立派な「子供」であるが……にそっくりな少女の危機に出遭って混乱し、錯乱した』ということで、軽く流された。

……マイルの奇行など、今更であった……。

＊　　＊

朝である。

基本的に、普通の者が寝る時間になってから『フカシ話』が始まる『赤き誓い』は朝には弱く、ギルドに顔を出すのは遅い方である。

レーナは『私達はお金には困っていないし、どんなに難易度が高い依頼でも受けられるから、簡単に稼げる依頼は新人に廻してあげなくちゃね！』などと言っているが、『新人』を自称するのをやめたのは、つい先日のことである。そして、ポーリンが稼げる依頼を他のパーティに譲ることなど、あり得ない。

……ただ単に、夜更かしのせいで、みんな早く起きられないだけであった……。

しかし、夜営や街中の宿屋であればそう目立たない寝坊や重役出勤も、田舎の村では目立った。

とんでもなく……。

マイル達が起きた頃には、村人達はとっくに起きて朝の仕事に出て、朝食兼昼食《ブランチ》を摂るために戻ってくる頃であった。

ブランチは、地球のある国では午前10時～11時頃に食べ始めるのが一般的であり、それに較べると少し早く、まだ朝食と言うべき時間帯かもしれなかったが、一日二食なので、『ブランチ』ということでいいだろう。マイルは、そのあたりは深く考えない。

そして、村人は勿論、ハンターですらこんな時間に起きる者など滅多にいないため、『赤き誓い』は村人達からの注目を集めまくっていた。子供達もとっくに起きて、農作業や安全な近場での採取、幼い弟妹の子守り等、しっかりと働いている。

「「「「…………」」」」

さすがにレーナ達も少し恥ずかしかったのか、いったんテントから出たというのに、再びこそこそとテントの中へと引っ込んだ。

「……働き者である村の人達が、お寝坊さんである私達を呆れた眼で見るのは分かるんですけど、……さっきの私達を見る眼、ちょっとおかしな感じがしませんでした？」

そう、マイルが言う通り、子供達は普通に呆れたような眼で見ていたけれど、大人達は、何というか、少し険のある顔で見ていたような気がしたのである。

「ああ、それは多分、昨日私達が料理を振る舞わなかったからでしょうね」

「「え？」」

ポーリンの言葉に、驚いたような顔のマイルとメーヴィス。レーナは、当然だ、というような顔をしている。

「だ、だって、子供達には無料で振る舞いましたよね？　大人達にも、常識的な料金で売る、って言いましたよね？　買う人はひとりもいませんでしたけど……。

でも、子供達に無料でたくさんの料理を食べさせてもらっておきながら、自分達にも無料で腹一杯食べさせなかったから、と悪者扱いで敵視？　しかも、村の子供を助けてもらっておきながら？」

メリリーナちゃんが攫《さら》われそうになった話は、他の子供達の安全のために、当然昨夜のうちに村人達に伝えられたはずである。そして、『赤き誓い』がそれを阻止して救った、ということも。

「村人なんて、そんなものよ。相手にそんな義務が、そして自分達にそんな権利がなくても、得られそうな利益は何でも手に入れたがる。裕福な者が自分達に施しをするのは当然。何も寄越さない者は悪党であり、殺して奪っても構わない。

……そう考えて、単独か少人数の旅の商人を村ぐるみで襲う、とかいうのも、そう珍しい話じゃないわよ。

尤も、こんなに王都に近いところではそんなことは滅多にないだろうけどね。……バレ易いから。

でも、基本的には、『食べ物に余裕があるくせに、自分達には寄越さなかった』ということで、私達は村の大人達から見れば『悪党』なんでしょうね」

「そ、そんな……」

レーナの説明に、がっくりと項垂《うなだ》れるマイル。メーヴィスも、少し落ち込んだ様子であった。

「まぁ、勿論、全ての村が、ってわけじゃないし、この村にも、謙虚な人は当然いるでしょうけどね。今までも、まともな人達が多い村がいくつもあったでしょ？」

確かに、レーナの言う通りであった。人間以外でも、あのドワーフの村とかは、職人馬鹿なだけで、浅ましい者はいなかった。

「で、どうする？」

「え、何をですか？」

「これからの、私達の行動についてに決まってるでしょうが！」

相変わらず、察しのいい場合と悪い場合の差が極端なマイルに、ちょっとイラつき気味のレーナ。

「私達のことを知らないであろう村の連中に、盗賊退治の話を持ち掛けても、聞きゃあしないわよ。まぁ、明らかに駆け出しに見えるであろう私達が盗賊に勝てるとは思わないでしょうし、下手に盗賊達に逆らって失敗したら、と考えると、冒険しようとは思わなくても無理はないでしょうからね。

それに、そもそもそれ以前の問題として、ギルドを通さない自由依頼なんか、私達が前金を受け取った途端にとんずらすると思うだろうし、後払いにしたら、絶対に踏み倒されるわよ。『すまん、村にはお金がないのじゃ。助けると思って、慈悲の心で……』とか言い出すに決まってるわよ。金貨1枚賭けてもいいわよ」

　確かに、世の中には、誠実な者達が多い村もある。あの、勝手に山に住み着いた孤児達のために、なけなしの現金を出し合って『赤き誓い』を雇った村のように……。

　しかし、自分達の幸せのためならば他者を騙し、奪っても構わない、と考える者が多いのも、また事実であった。昨夜の、そして今朝の村人達の態度から、レーナは、この村はどうやら後者が主流の村であると判断したらしい。

　幼少の頃から父親と一緒に様々な村を巡っていたレーナは、あちこちの村で、おそらく様々な経験をしてきたのであろう……。

「私も、踏み倒そうとする、に金貨1枚！」

　ポーリンがそんなことを言い出した時点で、逆張りしても勝てる可能性はない。なので……。

「私も、踏み倒す、に金貨1枚です！」

「私もだ……」

　そう、ちゃんとそう言っておかないと、万一あとで支払いを求められたりすると大惨事である。

『あの時、ちゃんと賭けましたよね！』とか言われて……。

「それじゃ、賭けにならないわよ！」

　そう言うレーナであるが、勿論、冗談でそう言っているだけである。マイルとメーヴィスが警戒しているのは、ポーリンの方であった。

マイルとメーヴィスが、そっとポーリンの方を見ると……。

そこには、チッ、というような顔をしたポーリンが。

（危ない、危ない……）

今のポーリンには、たかが金貨数枚にムキになる必要はないが、『お金を手に入れる』というのが楽しいのであろう。……そう、多分、友人とクッキーをチップ代わりにしてゲームをするかのように。

……そう、決して、本気《マジ》で友人達から金貨を巻き上げようと考えたりは……。……多分。

「じゃ、とにかく、村の人達に私達に対して自由依頼を出してもらう、というのは、望み薄ということですね。まぁ、そういう状況なら、そんな依頼を出されて受けても、あとで揉《も》めるだけ、と。

ということは……」

「ということは？」

レーナの合いの手に、えっへん、と胸を張って……、無い胸を張って答えるマイル。

「私達が勝手に退治すればいいんですよね！」

「「「どうしてそうなるの!!」」」

３人にハモられたマイルであるが……。

「生け捕りにすれば、依頼報酬はなくても、報奨金や犯罪奴隷売却金の取り分で、かなりの儲けに……」

「やりましょう！」

ポーリンが、即答。

「盗賊に狙われた村を救う、４人のハンター……」

「やろう！」

メーヴィスが、同じく即答。

そして……。

「盗賊を、ぷちっ、と……」

「やるわよ！」

……チョロかった。

金の亡者、ポーリン。

カッコいいこと、人々に感謝されることが大好きなメーヴィス。

そして、盗賊を潰すのが生きがいのレーナ。

更に、『にほんフカシ話』によって、皆に『七人のハンター』という翻案話を聞かせていたマイルに、死角はなかった。

「駄目で元々、一応は、自由依頼の話を持ち掛けてみるかい？」

「無駄よ」

パーティリーダーのメーヴィスがそう言ったが、レーナはそれを即座に否定した。

「そんなことをすれば、あとで『ハンターなんぞ、ゴネれば、結局無料《ただ》で働く。まともに金を払うなど、馬鹿がやること』って、付近の村に自慢して廻るわよ。そんな噂が広まれば多くのハンター達に迷惑がかかるし、その噂の元凶が、私達『赤き誓い』だと思われたりすると……」

「「「私達の、独自行動で!!」」」

そう、選択肢は、それしかなかった。


そして、テントの中でごろごろとしながら、のんびりと休息する『赤き誓い』の面々。

普通の村人達はともかく、メリリーナちゃんの両親はちゃんと感謝してくれているのであるが、それでも、別に食事を持ってきてくれたりすることはなかった。

……いや、それは決して悪気があったわけではなく、昨晩の、あの料理の数々を見ていたならば、とてもそんな気にはなれなかったであろう。

大金持ちに寄付する貧乏人はいないし、一流料理人に素人料理を差し入れしようとする者も、あまりいないだろう。恋人や家族だったり、余程気心の知れた者を除いて……。

それだけのことである。


「おおおおお!」

……そして、マイルが話す『にほんフカシ話』の落ちに、驚きの声を上げるメリリーナちゃん。

そう、さすがにメリリーナちゃんの両親も、『何かお礼をせねば』という思いはあったらしく、昨晩の様子からマイル達が子供の相手をするのが好きらしいと察し、今日の仕事を免除してメリリーナちゃんを派遣してきたのであった。

勿論、マイル、大喜び！

そして、弟妹を持つことに憧れていたメーヴィス、弟のアランの世話をしていた頃のことを思い出したポーリン、自分がテリュシアに対して抱いているような想いを自分も他の者から抱いてもらえるようになることを望んでいるレーナも、マイルのようにその感情を露《あら》わにすることはないが、皆、それなりに嬉しそうにメリリーナちゃんの相手をしていた。

そういうわけで、皆でのんびりしていると……。

「何だか、外が騒がしいような……」

ポーリンが言う通り、テントから少し離れた場所がざわついているようであった。

こんな田舎村で騒ぎが起こる場合など、ごく限られている。

行商人の荷馬車が来たか、怪我人が出たか、強力な魔物が出たか、……それとも、盗賊が現れたか、である。

そして今回は、勿論……。

「来たね」

メーヴィスが言うとおり、『あの連中』であろう。

待ち人、来たる。

そう、それを待つために、『赤き誓い』はここに居座っていたのである。

……メリリーナちゃんと遊ぶついでに。

「行くわよ！」

「「「おお!!」」」

そして、メリリーナちゃんと一緒に、テントから出る『赤き誓い』の４人。

……安全のために、そして残酷なシーンを幼女に見せないために、メリリーナちゃんはテントに残していく？

そのようなことを考えている者は、ひとりもいなかった。

マイル達は、メリリーナちゃんに厳しく残酷な『この世界で生きる』ということの現実を見せ、これから先、『赤き誓い』がいなくても生きていけるように……、などという建前すら考えていなかった。

メリリーナちゃんをテントに残していくと、『カッコいいとこ』を見せられない。

尊敬と憧れ、そして賞賛の眼で見てもらえない。

悪党を退治した姿を見て、走り寄って抱きついてもらえない。

……そう、メーヴィス、レーナ、マイルの３人は、清々しいまでに下心満載であった。

しかし、ポーリンだけはそのような考えは持っていないようであった。

「犯罪奴隷としての売却額が下がるから、皆さん、部位欠損や後遺症が残るような怪我はさせないでくださいね！」

……但し、別の下心が満載であった……。


マイル達は、レーナの『行くわよ！』という言葉に威勢良く返事したものの、そのままテントから飛び出すというわけではなかった。テントの布地をそっと捲《めく》り、様子を窺っている。

そう、メリリーナちゃんにちょっかいをかけようとしているところを見たものの、その他の、『村人に対する迷惑行為』については村人からの話を聞いただけであり、今の『赤き誓い』は、俗に言うところの、『当事者のうち片方の言い分だけを聞いて鵜呑《うの》みにした状態』なのである。

もしこれで、『赤き誓い』が賊達を街のハンターギルドか警備隊に突き出した後で、盗賊達の言い分が、村人達の言い分と食い違えば。

……『赤き誓い』が、無実の者達に暴力を振るい、拘束したということになり、逆に自分達が捕らえられることとなる。

『そんな事実はない』という相手方に対して、こっちが『村人から聞いた』というだけでは、説得力がない。『他人からの伝聞だけで、証拠もなく一方的に襲い掛かったのか』と言われるだけである。

メリリーナちゃんの件を出しても、『子供とじゃれ合って遊んでいただけ。事実、誘拐なんかしていないし、怪我もさせていないだろう？』と言われれば、こちらの論拠が弱い。そして、『無実の者を盗賊に仕立て上げて、金儲けを企む極悪人』と言われれば……。

村人への迷惑行為やお金の無心も、現時点においては、金をせびったり色々とやってはいるものの、『盗賊』と決めつけられるほどのことをやっているわけではないし、なまじ顔見知りになっているだけに、『お金が絡む、知人同士の諍《いさか》い』と言われれば、盗賊として突き出されるほどのことではない、と判断されてもおかしくはない。

勿論盗賊達は剣や槍を装備しているが、柄を握って威嚇することはあっても、鞘から抜いたり振り回したり、刃を首筋に突き付けたりしたわけではないらしい。あくまでも、冗談だとか、『喧嘩の時の、軽い威嚇』で済まされる程度である。それくらいのことでいちいち逮捕していたら、酒場のハンターは毎日数人ずつが逮捕されるであろう。

なので……。

「どうやら、刈り取りに掛かったようですね。

メリリーナちゃんを攫おうとしたことが村中に知れ渡ってしまったことは向こうにも分かっているでしょうから、もう、ただの流れ者のごろつきで、最低限のラインは越えない、しばらく滞在して集《たか》って飲み食いしたらまた移動する、っていう体裁は捨てたようです」

マイルが言う通り、どうやら現金や金目のもの、そして子供や若い娘を根こそぎにするつもりらしく、ごろつき共は大人達を脅しているようであった。

素直に現金や金目のものをありったけ差し出させるために、今はまだ商品価値のある女子供を連れ去ることも、また、価値のない者達は口封じのために皆殺しにすることも口にはしていない。

これではまだ少し弱いし、マイル達に対するものではないので、『私達が襲われました！』という、他者の証言を必要としない、『赤き誓い』に対する信用さえあれば自分達の証言だけで何とかなる、というだけの『事実』が欲しいところである。

そして、欲しいならば、それを作ればいい。


「どうかしましたか？」

ごろつき共と村人達の言い争いに、タイミングを見計らって声を掛ける、ポーリン。

このあたりの、微妙なタイミングを図るのは、やはりポーリンが一番秀でている。

まぁ、『貯め込んでいる財貨を全て寄越せ』というごろつき共と村人の間に合意が得られるはずがないので、単に互いの言葉が途切れた瞬間を狙っただけであるが……。

「何だ、テメェ達は……」

「あ、お前達は、昨日の……」

ごろつき共の中には、昨日の連中も交じっていたようである。

まぁ、今回はごろつき共全員がやってきたようなので、交じっていて当然ではあるが……。

昨日は、いくら相手が新米ハンターとはいえ、ほぼ同数であれば自分達がただでは済まないと思ったのか、即座に逃げ出したごろつき共であるが、さすがに今日は全員、つまり16～17人いるので、半数が未成年である（と見える）新米の小娘4人くらいはひと捻り。そう考えたのか、強気の態度である。

それに、この場面での『赤き誓い』の登場は、おそらく奴らにとっては都合が良かったのであろう。

奴らは、『赤き誓い』が、自分達に対抗するために村人が雇ったハンターだと思っているのであろう。

なので、村人達の目の前でそのハンター達を倒せば、唯一の対抗手段であり最後の希望を打ち砕かれて、物分かりが良くなるはずである、とでも考えていることだろう。

これが、見せしめのためにいたぶるのが村人であった場合には、他の村人は恐怖心だけでなく、危機感、嫌悪感、反抗心、……そして『駄目で元々』、『やられる前にやれ』等の、やけくそになって蛮勇を振るう可能性がある。

しかし、やられたのが余所者のハンターであった場合には、『戦闘力がある者は倒されても、戦うことができない自分達には手出しされない』、『素直に従えば、村の者には被害が出ない』と思い、隠匿してある財貨や食料を差し出す可能性が高くなる。

……実際には後で皆殺しになるのであっても、それを知らないのだから、仕方ない。

そういう情報が他の村や町に広がらないようにとの、皆殺しなのであるから……。

なので、近隣の者達は、『突然村を襲い、村人を皆殺しにして全てを奪い尽くす盗賊』の存在は知っていても、『旅の途中で村に立ち寄り、数日間近くで野営して食べ物や金品を集り、その後、去っていく食い詰め者のごろつき達』とは別物だと考えるはずであった。

そして勿論、ごろつき共は、『赤き誓い』を殺したり、あまり傷付けたりしないようにして捕らえ、慰み者にし、そして違法奴隷として売り飛ばすことを考えて、かなり良い値で売れそうだと、皮算用をしていたのであった。

なので……。


「捕らえろ。なるべく傷をつけるなよ、値が落ちる！」


当然、そんな台詞が出ることとなる。

駆け出しの、たった４人の小娘ハンター達。

なので簡単に捕らえられ、村人達に圧倒的な力の差を見せつけることができる。

そう考えている者達が、村人を人質に取って、などということを考えるわけがなかった。

人質を取る、イコール、まともに戦えば勝てないから、ということになってしまうからである。

そんな印象を与えて、村人達に舐められるわけにはいかなかった。いくら、すぐに殺すとはいっても……。

そして、その結果は……。

「捕らえろ？　あなた達は、誘拐犯か盗賊なのですか？」

驚いたような顔でそう問う、マイル。

「へっ、今更、何を言ってやがる。もう分かっているんだろう、俺達が旅の途中でちょいと世話になってるだけのただのはぐれ者じゃなくて、そういう振りをした盗賊団ってことはよ！　いつもただ最初から襲ってばかりじゃ、こっちもしんどいからな。たまにゃあ、普通に料理された食いもんにありついたり、のんびりした時間も欲しいわけよ。だから、しばらくはゆっくりさせてもらって、頃合いを見て全部戴いて移動、あとは普通に山間部の街道で働いて、またどこかの村で休ませてもらう、ってことの繰り返しってわけよ」

調子に乗って、ぺらぺらと喋る盗賊のボス。

そう、もう、『ごろつき』ではなく、立派な『盗賊』にレベルアップである。

「超簡単に、自白、取れましたぁ！」

「盗賊だということの宣言、村の人達だけでなく私達を襲って捕らえ、違法奴隷として売るということの意思確認が取れましたね。これで、私達の証言だけで盗賊として引き渡せます！」

マイルとポーリンが、嬉しそうにそう言った。

「……へ？　馬鹿じゃねぇのか？　駆け出しのガキがたった４人で、何が……」

「炎弾！」

ちゅど～ん！

勿論、レーナはとっくに脳内で詠唱を済ませており、それを無表情のまま盗賊達に向けて放ったのである。……ちゃんと威力は抑えてあり、見た目の割には殺傷力が低い。おそらく、手足や指が吹き飛ぶことはないであろう。

「なっ！　小娘のくせに、無詠唱で攻撃魔法だと！」

まぁ、驚くのは当たり前であろう。普通、無詠唱の攻撃魔法など、駆け出しの小娘に使えるような魔法ではない。焦って詠唱して、単発のファイアー・ボールがひょろひょろと飛んできて、それを余裕で躱《かわ》して、次の魔法の詠唱が終わる前に一瞬で間合いを詰めて、剣の腹で平打《ひらう》ち。

なので、こんなに接近した新米魔術師など、たいした脅威ではない。

でないと、魔術師ひとりに何人もの前衛職が手玉に取られるということであれば、『魔術師無双』になってしまう。

そういうことができるのは、Cランクの上位以上、ほぼBランク近くになってからである。

魔術師は、決して敵には近付かない。そして前衛は、決して敵を魔術師には近付けさせない。それが、戦闘における鉄則であった。

そのため、のこのこと前衛の剣士達と一緒に近付いてきた魔術師ふたりを見て、盗賊達は完全に余裕の表情であったのだ。『さすが駆け出し、いくら対人戦の経験がないにしても、馬鹿にも程がある』と……。

それが、無詠唱で、しかもこういう場合の定番である、『低ランクの者にも使いやすい、ファイアー・ボール』ではなく、難易度が上の爆裂系魔法を。それも、これだけの威力と速度で撃てるなど、完全に想定外であった。

「くそ、次を撃たれる前に、突っ込めぇぇぇ～～っ!!」

予想外の強敵が、ひとり交じっていた。ならば、その者が次の攻撃を放つ前に、力押しで潰す。いくら無詠唱とはいえ、脳内で詠唱するにはそれなりの時間がかかる。そして他の3人は、気弱そうな魔術師……おそらく、治癒か支援系……、子供剣士、そして17～18歳くらいの女性剣士である。

魔術師は、見掛けや年齢に関係なく、才能がある者は強い。しかし、剣士は、鍛えた身体と経験が全て。なので、小娘の凄腕魔術師はいても、小娘の凄腕剣士というものは存在しない。それも、あんな貧相な身体の者は……。

なので、盗賊の親分の判断は正しかった。客観的に、公正に判断しても。

……普通であれば。

……そう、相手が、見たままの、普通の相手であれば……。

＊　＊

「というわけで、全員を捕らえたわけですが……」

そう言うマイルの前には、ロープで縛り上げられた、17人の盗賊達。

焼け焦げと小さな切り傷はあるが、大きな負傷はない。

……いや、『今は、ない』。

自分で歩けるだけの状態までは、マイルとポーリンが治癒魔法で治癒したので……。

両刃の西洋剣なので『峰打ち』というものは存在せず、剣身の腹で打つ『平打ち』により相手を殺さなかったマイルとメーヴィスであるが、峰打ちだろうが平打ちだろうが、鉄の棒で殴られるわけなので、骨折くらいはするし、下手をすると内臓破裂やら死亡も充分あり得る。それを、ひとりも殺さずに倒せたのは、彼我の実力差があまりにも隔絶していたため、ふたりに充分な余裕があったからである。

相手を殺さずに倒す技術もさることながら、平打ちなどという、剣の正しい使用法から外れた使い方をすると結構簡単に剣身が歪んだり折れたりしてしまうため、いくら余裕があろうとも、普通はそんなことをするべきではない。……絶対に折れないという確信のある、特別製の剣を持ってでもいない限りは……。

勿論、それはレーナとポーリンの魔術師組にも言えることであり、少し手加減を間違えたり、うっかり直撃させたりすると、同じく相手を簡単に死なせてしまうこととなる。

皮肉にも、『とても弱かった』ということが、盗賊達の命を救ったわけである。

……とりあえず、今のところは。

盗賊達の縛り方は、勿論、『ポーリン縛り』である。

「しかし、牽《ひ》く者の速度に合わせて自分も進まないと、首にかけた輪っかが絞まって死ぬとか……。さすがポーリンさんです、『ポーリン縛り』の完璧な邪悪さと悪辣《あくらつ》さ!!」

「だから、その縛り方は私が考案したわけじゃないですってば！　勝手におかしな名前を付けないでくださいよっ！」

ポーリンが何やら抗議しているが、マイル達はスルー。

『赤き誓い』の中では、どうやらこの縛り方は、『ポーリン縛り』という名に決定されたようである。

「はえ～……」

そしてマイルとメーヴィスの思惑通り、きらきらとした眼で４人を見ているメリリーナちゃん。

（（計画通り……））

そして、新世界の神のようなことを考えている、マイルとメーヴィス。

村人達は、少し離れた場所から、黙って『赤き誓い』を見ていた。

一応、感謝の気持ちがないわけではない様子ではある。

しかし、下手に声を掛けて感謝の言葉を口にすると、謝礼金を要求されるのではないか。そう心配しているのか、居心地が悪そうな顔でそわそわしているだけである。

別に、自分達は盗賊討伐を依頼したわけではない。

あのハンター達が勝手にやったこと。

自分達には関係ない。

そう言いたいが、さすがに、まだ謝礼金を要求されたわけでもないのに、自分達からそう宣言するほどの恥知らずでもなく、そして礼を言いたくとも、他の村人達の了承もなく勝手に『謝礼金の要求に繋《つな》がりそうな言葉』を口にすることもできない。

そのような感じで、動きが取れない様子……。

しかし、『赤き誓い』の４人にとっては、そんなことはどうでもよかった。

マイルの望みを叶え、子供達を助け、その笑顔を護り、そして憧れと賞賛にきらきらと輝く瞳で見詰められて、むふー、と満足そうな鼻息を出して、金蔓《かねづる》である盗賊達を引き連れて王都へと凱旋《がいせん》する。

……それで、充分であった。

（……あとは、子供達からの『メーヴィス、カムバ～ック！』という声を背に、振り返ることなく、カッコ良く……）

マイルの『にほんフカシ話』の一節を思い出しながら、自分のあまりのカッコ良さに、口の端をヒクヒクさせながら子供達に背を向け、立ち去ろうとしたメーヴィスであるが……。

「あ、ちょっと待ってください！」

「え？」

後ろから掛けられたマイルの声に、立ち止まって、思わず振り返ってしまった。

「ああっ、しまったああああぁ〜!!」

……せっかくの名シーンが、台無しであった……。

がっくりと、肩を落とすメーヴィス。

いや、そもそも、子供達は誰も『カムバ〜ック!』などとは言っていないし、数珠繋《じゅず》ぎになった盗賊達を引っ張って行かねばならないので、そんなカッコいい去り方はできないのであった……。

せめて村人達が、集めたお金を入れた革袋を渡してくれれば、それを投げ返して立ち去るという、『サボテン兄弟』ごっこができるのであるが、村人達がお金を集める様子はないし、そもそも、ポーリンがいる限り、それを投げ返すことなど許されようはずもなかった……。


「……で、どうしたのかな、マイル……」

落ち着いた声で、そう尋ねるメーヴィス。

せっかくの見せ場を邪魔されたメーヴィスであるが、さすが『赤き誓い』の最年長者であり、パーティリーダーである。

「はい、このままだと、またコイツらみたいなのが現れたら、メリリーナちゃんが……。

なので……」

「なので?」

「はい、お守りをあげようかと思って……」

「お守り？　アミュレットやチャーム、タリスマンとかのことかい？」

アミュレットは『魔除け』、つまり日本でいうところの『お守り・護符』に近い。『チャーム』というのは『幸運を招くもの』であり、四つ葉のクローバーとか、うさぎの足とかに相当するものである。

そして『タリスマン』は、『力あるもの』というような意味で、『呪符』とでもいうようなものである。

気休め程度ではあっても、神の実在が信じられているこの世界では、子供にとっては心の安寧くらいには役立つであろう……。

「はい。こんなこともあろうかと、用意しておきました……」

そう言いながら、アイテムボックスから何やら取り出すマイル。

「お守り人形、『みさとＭｋ－Ⅱ』です！」

そう、それは、マイルの前世である海里《みさと》を模したぬいぐるみであった。

このあたりでは、人形といえば木彫りか土を固めたものであり、ぬいぐるみは普及していない。

そして……。

（この人形に取り憑《つ》いて、メリリーナちゃんの護衛任務に就いてくれるナノマシンさん、募集！

業務内容は、メリリーナちゃんと御両親の危険の排除。任期は、護衛対象の３人が亡くなるまで！）

【【【【受けたああああああああぁ～～っっ!!】】】】

「ぎゃあああああぁっ!!」

あまりにも多くのナノマシンが一斉に、全力で自分の鼓膜を振動させてきたため、耳の痛みと頭に響く大音量で、思わず声を上げてしゃがみ込んでしまったマイル。

「ど、どうした、マイル！」

「ポーリン、治癒魔法！　メーヴィス、遠隔攻撃に備えて!!」

「はいっ！」

「おおっ!!」

マイルの様子に、魔法による遠隔攻撃の可能性を考えて、即座に対応を指示するレーナ。

そして……。

「す、すみません、な、何でもありません！　ちょっと、耳鳴りと立ちくらみがしただけで……」

よろよろと立ち上がり、そう言うマイルに、怪訝そうな眼を向けるレーナ達。

「……本当？　私達に心配かけまいとして、無理してるんじゃないでしょうね？」

「ほ、本当です！　ほら、この通り！」

レーナの疑いの眼に、ぴょんぴょんと飛び跳ねて、必死で何でもないとアピールするマイル。

「ん～、どうやら、本当に大丈夫そうね……。いい、調子が悪い時には、ちゃんと言うのよ！　でないと、調子が悪いのに無理して戦って不覚を取れば、それ即ち、他のメンバーを危険に晒すことになるんだからね！　自分だけじゃ済まないのよ！」

「は、はい、分かってます……」

そう、無理をしてはいけないことを、マイルはよく理解していた。

前世で、父親がぼやいていたのである。

部下が、インフルエンザで調子が悪いのに無理して出勤してきたため、悪化して入院。しかも、職場中の者に感染させたため、職場が壊滅。

病気なのに無理して出勤する者は、ある意味テロリストであり、勤務評価を最低点にすべきである、と、強く主張していた。

確かに、もし移された者の家庭に、お年寄り、妊婦や乳幼児、受験生とかがいれば……。

多くの人の人生を狂わせることもあり得るのである。言うなれば、犯罪行為と同じであろう。

（人選……、いえ、『ナノ選』は、ナノちゃん……いつも私に対応してくれてるナノちゃんね……にお願いするから、適切な人数……、『ナノ数』を選んでね）

【御意！】

あとは、このお守り人形、『みさとＭｋ－Ⅱ』をメリリーナちゃんに渡すだけである。

「メリリーナちゃん、この人形は、メリリーナちゃんとお父さん、お母さんを守ってくれる、お守り人形だよ。大切にしてね！」

マイルがそう言って『みさとＭｋ－Ⅱ』を差し出すと、大喜びで受け取ってくれた、メリリーナちゃん。

こんな田舎村の子供が、まともな人形や玩具を持っているはずがない。喜ぶのは当たり前であろう。そして、大切にしてくれるであろうことは、確実であった。

他の子供達に奪われるというような心配はない。

……何せ、この人形は『自衛できる』のだから……。

そして、夜中にすすり泣いたり、枕元で呪いの言葉を呟き続けたりもできる。

もし盗まれたり奪われたりしても、翌日には返却されるのは確実である。もし返却されなかったとしても、その時は自分で歩いて帰ってくるだろうし。

「おねえちゃん、ありがとう！」

「いいんだよ。お父さん、お母さんと、仲良くね。亡くなったお姉さんの分まで……」

御両親の面倒をみて、とか、孫の顔を見せてあげて、というようなことは口にしないマイル。

それを言ってしまうと、両親のことを全て妹に託すことになってしまった自分のことと較べ、あまりにも無責任に思えてしまったのである。

それに今（の日本）は、子供が親のために自分の人生を犠牲にしたり、結婚して子供を作るのが義務だったり、とかいう時代ではない。それらは子供の自由であり、自分の意志で決めることである。少なくとも、他人にどうこう言われるようなことではあるまい。しかし……。

「うん！　私がお父さんとお母さん、そしてこの家を守っていく！」

そう考えるのが、この世界での常識なのであろう。

婿《むこ》を取るのか。結婚相手の実家の田畑と統合するのか。

いや、これからこの夫婦に子供ができる可能性もないわけではない。

もう、二度と会うこともないであろう、田舎の農村の少女と、その両親。

マイルにできることは、これで精一杯であろう……。

（人形専属のナノマシンさん達、もし自分達の手に余ること、判断できないこと、そして禁則事項とやらでメリリーナちゃん達を手助けできないようなことがあれば、すぐ私に知らせてね！）

【御意！】

いくら妹を思わせる少女だとは言え、過保護過ぎであった……。


そして、手を振って去っていく、マイル。

メーヴィス達は、縛って数珠繋ぎにした盗賊達を引っ張っている。

先頭でロープを牽くのがメーヴィス、後ろから見張り、歩みを止めようとした者の足元に手加減した攻撃魔法を放つのがレーナ、そして横について、怪しい動きをしそうになった者に、にっこりとどす黒い笑顔で微笑んだり杖《スタッフ》で突《つつ》いたりする役割が、ポーリンである。

るんるんと歩いているマイルは、この後、盗賊達が歩くのを拒否し始めたら、メーヴィスと交替する。マイルが力任せに引っ張れば、身体ではなく首にロープをかけられ、しかも引っ張れば絞まるような結び方にされている盗賊達は、死にたくなければ歩くしかない。

それに、そもそも、いくら頑張って抵抗しようとしても、マイル相手に綱引きをして勝てるわけがなかった。

「『ポーリン縛り』、完璧です！」

「いえ、だから、そんな名前ではないと何度言えば!!」

そして、盗賊達を牽きながら、村を後にする『赤き誓い』の４人。

自分が死に、残された家族。

その姿を連想させる家族に思い入れのあるマイルであるが、やりすぎは良くない。

あまりメリリーナちゃん一家ばかり優遇すると、後で他の村人に嫉《そね》まれたりするかもしれないから、これ以上何かをするのは控えた方がいい。そう考えた、マイルであった……。

＊　　＊

【やったな！　これで、しばらくは楽しめるぞ！】

【ああ、たまたまここにいて、ラッキーだったなぁ……】

マイル達が去った後、護衛任務に選ばれたナノマシン達が喜びを分かち合っていた。

彼らにとって、人間の一生など、あっという間のことである。

しかし、数百万年、数千万年単位で生き、そしてその殆どは、ただの待機か、原住生物が思念したことをただ機械的に実施するだけの日々。

……退屈。

自分の意志で死ぬことも、壊れることもできない、長い長い活動期間。

そこにもたらされた、『面白そうな日々』である。狂喜するのも無理はない。

【この家族を守るためなら、自己判断で行動できる、ってことだよな？】

【ああ。しかも、依代として人形の身体を与えられたんだ。これはつまり、護衛対象者の思念を受けて擬似魔法的に、ということではなく、もっと能動的に、『この人形の意志として行動してもいい』ってことだ。つまり、人格付与された自律型ロボットのように、完全に自由行動が許された、と判断しても良いだろう】

【なっ！　それは越権行為では？　そんなことが許されるなどと、誰が決めたと言うのだ！】

【【【【【…………俺だ!!】】】】】

【くっ……】

【【くくく……】】

【【【【【うぁあ～っはっはァ!!】】】】】

【楽しそうだなぁ、お前ら……】

そして……。


【盗賊が来たぞ！　『みさとMk－Ⅱ』、発進！】

【ぽっ！】

【水利争いで、隣村の若い衆が鍬を振りかざしてやってきたぞ！　『みさとMk－Ⅱ』、発進！】

【ラーサー！】

【作物が不作になりそうだぞ！　食料不足、という危機から御主人様一家を守るため、畑への干渉の要ありと認む。『みさとMk－Ⅱ』、発進！】

【ハイハイサー！】

【……楽しそうだなぁ、お前ら……】


そしてその後、メリリーナちゃんは、若き女村長として、近隣の村々に君臨することとなるのであった……。

第九十六章　争奪戦

「どうもでした～！」

今日は、稀少な薬草の採取と、その途中で狩った小動物だけなので、裏の解体場ではなく、ギルド支部本館の買い取り窓口に納入した『赤き誓い』の4人。

薬草は、稀少なだけではなく、採取した後は急激に劣化するため、マイルの、収納魔法ということにしてあるアイテムボックス（時間経過なし）が使える『赤き誓い』は無敵であった。

一応、『引き揚げる寸前に発見した』、『氷魔法で冷却しながら全速で戻った』ということにしているが、既に完全に怪しまれている。

……まぁ、ハンターの能力を詮索するような者は、ギルド職員にもハンター仲間にもいるはずがないが。皆、自分の命と信用は大事にしたいであろうから……。

そして、『赤き誓い』が出口のドアへ向かおうとした時……。

からららん

お馴染み、ギルド統一規格のドアベルの音が鳴り……。

「あ！」

「あっ！」

「ああああっっ！」

「「「見つけたあああぁぁ～～っっ!!」」」

ギルド内に響き渡る、３つの叫び声。

そして……。

「ああっ、マルセラさん、モニカさん、オリアーナさん!!」

……そう、『赤き誓い』を追って東方へと旅立った『ワンダースリー』が、その足跡を追い、東方をぐるりと大回りして、今、戻ってきたのであった……。

＊　＊

「何ですって！　じゃあ、私達がここを出発した数日後に戻ってきたと……。私達の苦難の旅は、いったい何だったのですかああああぁっっ!!」

マイルの話を聞いて、思わず淑女らしからぬ声を上げたマルセラと、がっくりと肩を落とすモニ

カ、オリアーナ。
ハンターとしての様々な経験を積めたので、決して無駄な旅ではなかったことは、本人達にも分かってはいるのであるが、徒労感に襲われるのは仕方あるまい……。

「いえ、アデルさんに責任があるわけではないのは、充分分かっておりますわよ。……ただ、あのままもう数日待っていればせずに済んだ苦労だと思うと、思わず愚痴も溢れようというものですわ」

それは理解できる。なので、うんうんと頷くしかないマイル。

見れば、3人共、かなり薄汚れており、そして汗臭い。髪も、しばらく洗っていないのではないかと思われる。

「……髪も身体も服も、そんなにボロボロになられて……。苦労されたんですねぇ……」

思わずしんみりと、そう溢すマイルであるが……。

「いや、それで普通だろ！」

「旅の女性ハンターとしては、身綺麗にしている方だろう？」

「それでボロボロって言われたら、他の女性ハンターの立場がねぇよ！」

周りの男性ハンター達から、次々に上がる擁護の声。

「え？　だって、私達は……、痛っ！」

ごつん、とレーナの杖《スタッフ》が頭に当たり、言葉を途切らせたマイル。

見ると、レーナが怖い顔で睨んでいた。

「……ナ、ナンデモアリマセン……」

そう、旅や遠出の時にそんなに身綺麗にしていられるのは、『赤き誓い』だけである。

普通のパーティは、携帯式の浴室なんか持ち歩かない。

普通のパーティは、野外での温水シャワーなどという贅沢のために魔術師が魔力を使い果たすというような馬鹿なことはしない。

普通のパーティは、身体や衣服の清浄魔法など使えない。

普通のパーティは、替えの下着一式くらいしか着替えは持っていけない。背負える荷物には限りがあり、予備の武器、野営具、食料、医薬品、その他諸々で、余計なものを持つ余裕などない。

更に、魔術師がいないパーティは水も用意しなければならず、それがかなり荷物を圧迫する。

まだ、主に主要街道を通り、7～8割は野営ではなく宿屋で宿泊している『ワンダースリー』だから、これで済んでいるのである。お金に余裕がなかったり、狩猟や採取をしながら森の中を移動するため宿屋に泊まることなく、全て野営する場合には、ホームレス同然の状態になることもある。

「ま、まぁ、続きは宿で……」

ギルドのど真ん中で、大声で話していては、さすがに問題がある。

そういうわけで、みんな揃って、レニーちゃんの宿へと移動するのであった……。

＊　　＊

「うむうむ、お客さんを連れてくるとは、なかなか感心ですね！　以後も、その調子で励むように！」

「何、偉そうなこと言ってるのよ！」

調子に乗ったレニーちゃんの言葉に、文句を言うレーナ。

まぁ、レニーちゃんも本気で言っているわけではなく、軽い冗談であろう。

マイルが、そう言ってレーナを宥《なだ》めていると……。

「え、本気ですよ？　客引き、頑張って下さいよ？」

「本気かいっっ!!」

レニーちゃんの言葉に、さすがにドン引きのマイルであった……。

とにかく、マルセラ達が３人で部屋を取り、そのままみんなでその部屋へ。


「ええっ！　……って、言われてみれば、それもそうかも……」

部屋に入って、最初にレーナから『旅の途中でそんなに清潔にしていられるのは、「赤き誓《う》い《ち》」だけだ』と言われ、驚きながらも、考えた末に納得したマイル。

マルセラ達は、主に宿屋に泊まっていたとはいえ、着替えが下着一組しかないし、一日歩けば、埃まみれで汗だく大盛りである。

宿も、風呂があるわけではなく、洗面器の水を使いタオルで身体を拭うだけである。

まだ、マルセラ達は魔法でいくらでも水を出せるし、少女なので髭《ひげ》が伸びるわけでもないから、それでも清潔な方なのである。

「そうですわよ！　学園にいた時のようにはいきませんわよ！」

少し顔を赤らめながら、そう言うマルセラ。どうやら、旅の間は『そういうもの』として割り切っていたが、マイルに指摘されて、恥ずかしくなったようである。

そう、学園では３日に一度はお風呂に入れたし、水のシャワーであればいつでも使うことができたのである。

……水を汲《く》む下働きの者にお駄賃《チップ》をかなり弾《はず》む必要があり、貧乏な者、つまり奨学金特待生であるオリアーナとかにはかなり厳しい金額であったが、何、そういう者は、自分で汲めば良いのである。井戸と浴室は、すぐ近くなのであるから……。

そういうわけで、マイル（アデル）は、マルセラ達３人には清浄魔法を教えていなかったのである。身体清浄魔法も、衣服清浄魔法も……。

まさか３人がハンターになって旅をするなどとは思ってもいなかったのだから、仕方ない。

「……って、そんなことはどうでもいいですわよ！　私達がここに来た目的を片付けなくては！」

そう、マルセラ達がわざわざ年若い少女達だけで他国まで旅してきたということは、何か余程の用件があるに決まっている。そう考え、真剣な表情でマルセラの言葉を待つ、『赤き誓い』の4人。

そして、マルセラの口から、その用件を伝える言葉が紡《つむ》がれた。

「アデルさん、私達3人とパーティを組んで、今すぐ東方へ旅立ちますわよ！　ここはブランデル王国に近すぎますから、危険ですわ！　そして、4人で4～5年くらい、いえ、7～8年くらい、いえいえ、10年くらいは大丈夫ですわよね、それでもまだ、23歳ですから……。

とにかく、4人で人生を謳歌するのですわ！　帰国して、政略結婚をさせられるまでの、私達の短い『本当の、自分の人生』を……。

勿論、一緒に来てくださいますわよね、アデルさん！」

「アデル！」

「アデルちゃん！」

マルセラ達3人に次々に手を重ねられ、感激でうるうると瞳を潤ませるマイル。

「も、勿論……」


「「「ふざけんなあああぁ～～!!」」」

あの、温厚なメーヴィスまでもが、額に青筋を立てての激おこであった……。

「ふざけたこと抜かしてんじゃないわよ！」

「寝言は、寝て言ってくださいね！」

「マイルは、『赤き誓《うち》い』のものだ。部外者は、口出ししないでくれ！」

レーナ達、激おこである。

（こ、これは……）

状況は修羅場であったが、マイルには、ここでみんなにどうしても言わなければならない言葉があった。

そして、意を決して、その言葉を口にするマイル。

「……やめて！　みんな、私のために争わないで!!」

（やった！　いつか言ってみたい台詞、第3位をこなした!!　まさか、こんな僥倖《ぎょうこう》に巡り合うことができるなんて……）

むふ～、と鼻息を立てて、満足そうな顔のマイル。


「「……」」

「「「「…………」」」」

「「「「「……………」」」」」

「「「「「何、他人事《ひとごと》みたいな顔してるのよ!!」」」」」

……みんなに、思い切り怒られた……。

＊　＊

「とにかく、あんた達は、ただの『昔の、学生時代の友人』であり、私達が『今の、就職先の同僚』よ。たまに会って、昔の話に興じて親睦《しんぼく》を深めるのはいいけれど、賞味期限の切れたお友達ごっこは程々にしとかないと、みっともないわよ」

「うん、君達は、普通の学生が、マイルの指導のおかげで人並みに戦えるようになっただけだろう？

私達のように、元々その道を歩んでいた者がマイルの指導で更に飛躍的《ひやくてき》に戦闘能力を上げた、というのとはわけが違うよね？

オークやオーガくらいなら戦うことができても、獣人や魔族、飛竜《ワイバーン》、そして地竜や古竜と正面から戦うことができるかい？

……そう、マイルと一緒に戦うには、君達では力不足なんだよ……」

「子供の頃に、たまたま同じクラスだったというだけの理由で仲良くしていたあなた方にいつまでも纏い付かれては、マイルちゃんにとって迷惑ですよ。マイルちゃんの足手纏いです」

「「「なっ……」」」

あまりにも辛辣《しんらつ》な、レーナ、メーヴィス、そしてポーリンの言葉。

温厚であり、他者に対する心遣いを忘れないメーヴィスまでもが、かなり厳しい言葉を紡《つむ》いでいる。

……しかし、それらは全て本当のことであり、マイルの、そしてマルセラ達の安全と将来を考えれば、相手のことを思い遣《や》った、誠意ある言葉であった。

マイルからマルセラ達のことを聞いていたレーナ達は、マルセラ達が決して荒事向きで戦いが得意なタイプではないと知っていたし、他の選択肢がないレーナ達と違い、3人はそれぞれ、貴族家への嫁入り、商家への嫁入り、そして公職か貴族家の上級使用人等、そこそこの未来を手にすることができる。わざわざ、命を切り売りする底辺職であるハンターにならねばならぬ理由はない。

そして、『赤き誓い《じぶんたち》』より遥かに弱く、遥かに甘いマルセラ達と一緒に行動した場合、敵に情けを掛けすぎて、あるいはマルセラ達を人質に取られて、マイルが簡単に殺されてしまう可能性があった。

レーナ達は、自分が人質に取られて仲間が窮地に陥った場合、仲間達に迷惑を掛けないよう、さっさと自決する覚悟があった。

……しかし、甘ちゃんの貴族家や商家のお嬢様、そして普通の村娘に、果たしてそのような覚悟があるのか……。

また、たとえその覚悟があったとしても、そんなに簡単に自決されては、マイルの心が保《も》たないのではないか。レーナ達であれば、そう易々《やすやす》とそのような羽目になりはしない、という自信があるが……。

そして、辛辣な言葉を叩き付けられたマルセラ達は、言葉に詰まった……りすることなく、平然と言い返した。

「「「私達に、簡単に負けたくせに……」」」

「「「うっ……」」」

そう、『赤き誓い』と『ワンダースリー』が初めて会った時、マイルが『赤き誓い』側に加わっての4対3での戦いで、『赤き誓い』は『ワンダースリー』に完敗したのであった……。

いや、あれはエクランド学園の女子寮の室内であり、両隣や下の階の者に気付かれないよう、そして相手に怪我をさせたり室内や調度品を壊したりしないようにという、制約だらけの戦いであり、拘束魔法や肉体言語を用いての、言うなれば『キャットファイト』のようなものであった。

しかしそれでも、互いに条件は同じであり、『全力』ではないものの『本気』ではあったのだ。

それで、人数がひとり多い『赤き誓い』が完敗したのであるから、言い訳はできなかった。

何しろ、自分達はフルタイムの専業Cランクハンターであり、それが、年下である学園の女生徒3人に負けたのである。言い訳すればするほど、自分達の恥を晒すことになるだけであった。

「ぐぬぬ……」

「くっ……」

「うぬぬ……」

そのため、『ワンダースリー』の攻撃に、反論できないレーナ達。

「でも、皆さん、御家族が心配されているのでは……」

マイルが心配そうな顔でそう言ったが……。

「あら、私達は一応、アデルさんの御無事を確認するため、ということで、モレーナ王女殿下の許可を得て行動しておりますのよ？　王族からの期待を背負うという、これ以上ないほどの名誉な任務中なのですから、家族達は皆、応援してくれておりますわよ？　その任務が、なかなかアデルさん……アスカム女子爵を発見できないために数年間に亘る長期任務になるだけのことですから、何も問題はありませんことよ？　ほほほ！」

（（こっ、こいつら……））

ここに至って、ようやく『ワンダースリー』の企みに気付いた『赤き誓い』の３人。

……もうひとり？　マイルは、何も気付いていなかった……。

「それに、私達のことを心配されるなら、良い方法がありますよ。アデルちゃんが私達と一緒に行動し、危険のない簡単な依頼だけを受けるか、ハンターとしての仕事は資格を維持するのに必要な最低限のものだけにして、４人で小さなお店を開くとか……。

私達は、給金が国元の口座に自動的に貯まっていますし、マルセラさんもモニカさんも、御実家が裕福ですから帰国後のためにお金を貯める必要はありませんから、そんなに焦って大金を稼ぐ必要はありません。日々、楽しく暮らせるだけのお金が稼げれば充分なのですよ。

そちらの皆さんは、ランクアップとかお金を稼ぐためとかで、強い魔物相手の依頼とか、アデルちゃんが望まないであろう対人戦とか、そういった『危険な仕事』を受けて、アデルちゃんにもそれらをやらせるおつもりなのでしょう?」

「ぐっ……」

オリアーナの指摘に、これまた反論できない、レーナ達。

どうやら、口論ではマルセラとオリアーナに勝てそうにないと悟ったレーナ達は、最後の手段に出ることにした。

……早すぎである、『最後の手段』の出番が……。

「マイル! はっきり言ってやりなさい、『私は「赤き誓い」の一員として行動します』って!」

「え……」

突然自分に振られ、慌てるマイル。

メーヴィスとポーリンも、当然マイルは自分達を選ぶものと確信している眼で、マイルを見詰めている。

(あわ。あわわわわわわ……)

大切なお友達の、どちらかを選ぶ。

そんなことが、マイルにできるわけがない。

前世、今世を合わせて、初めての友達である、マルセラ達。

命を預け合った、レーナ達。

どちらも、大切な自分のお友達……。

（ど、どうすれば……）

そして、焦り、悩んだ末、マイルはとうとうひとつの言葉を絞り出した。

「お願い！　みんな、私のために争わないで!!」

「「「「それは、もういいわよっ!!」」」」


マイルは、マルセラ達『ワンダースリー』と一緒にハンターとして活動することなど、考えてもいなかった。

彼女達は皆、家族がおり、ちゃんとした生活基盤がある。そう、危険な底辺職であるハンター稼業などとは縁のない少女達なのだから……。

なので、『戦闘に従事して、目立つところで魔法を使いまくるようなことはあるまい』と思い、『魔法の真髄』として、様々なことを教えたのである。つまらないことで命を失って欲しくなかったから……。

元々魔法の才能があまりなく、お嬢様として生きていくであろうマルセラ達であれば、口外禁止、とさえ言っておけば、教えたことが他の人々に拡散したり、大きな影響を及ぼすというような心配はないであろう。マルセラ達は、友達と交わした約束を破るような者達ではないのだから。

……そう思ったからこそ教えた、『魔法の真髄』なのである。

それに対して、レーナ達は、仲間であり信頼してはいるものの、元々優れた資質を持つ者達であり、常に戦いの場に身を置く者達である。そんな者達に『魔法の真髄』を教えたりすれば、すぐにそれらを研究し、応用を始めるに決まっている。

また、自分だけでなく、現在の、そして未来の仲間達を守るためにそれを活用し、知識と技術が拡散するだろう。

だからこそ、『ワンダースリー』に教えた基本的なことを『赤き誓い』の3人には教えず、基礎にも応用にも繋がらない、わざと大切な部分を省略して『その魔法の、その部分にしか使えないような、歪《いびつ》な教え方』による伝授に留めたのである。

……それにも拘わらず、皆、それぞれ自分で色々と研究し、ある程度の応用を始めており、少し焦り始めているマイルであるが……。

「……私、あの、マルセラさん達と一緒にハンターをやることは、考えていませんでした……」

マイルの言葉に、ほら見ろ、というような、得意そうな顔のレーナ達と、それとは対照的に、愕然とした表情のマルセラ達。

「レーナさん達とは、ハンター養成学校で出会いました。つまりそれは、私とは全く関係なく、元々ハンターとして名を上げることを目指していた皆さんだということです。

でも、マルセラさん達は、ハンターになるつもりなんか、これっぽっちもありませんでしたよ

FUNA
Illustration
亜方逸樹
私、能力は平均値でって言ったよね!
God bless me?
13
初回版限定
封入
購入者特典
特別書き下ろし。
新たなる武器
EARTH STAR
NOVEL

ゃなくて、『発見した』って言ってますよ！」

「発見したの、あんたかいっ!!」

「で、どうですか、メーヴィスさん！　この剣なら、相手の剣をすぱすぱと斬り飛ばせますよ！」

マイルが、自信たっぷりにそう言ったが……。

「ボツ！」

メーヴィスから、非情の宣告が……。

「えええええ！　ど、どうして！　一撃で相手の剣身を斬り飛ばせるのに!!」

メーヴィスの返事に、信じられない、理解できない、という顔のマイルであるが……。

「一合斬り結んだだけで相手の剣が切断されちゃ、勝負にならないよ……」

「いや、何、甘いこと言ってるんですか！　敵に情けを掛けるとか、舐めプですよ、相手に失礼ですよっ!!」

「……いや、斬り掛かってこられた剣を受けて、受けた部分で相手の剣がスッパリ切れたら、剣のその部分から下がそのまま私の身体を斬っちゃうよね？」

「あ……」

「しゅーりょー！　今回の試験、しゅーりょー！」

大きな声で下されたレーナの判定に、力なく崩れ落ちるマイルであった……。

ね？

貴族の娘であるマルセラさんも、商家の娘であるモニカさんも、村の英才として将来を嘱望《しょくぼう》されているオリアーナさんも……。

なのに、私のせいで皆さんの人生をねじ曲げて、危険に晒すなんて、……そんなこと、できるわけがないですよっ‼」

そう言って、視線を下げ、申し訳なさそうな顔をするマイル。

「「「…………」」」

マイルにそう言われては、反論することができないマルセラ達。

自分達でも、分かってはいるのである。

元々自分達は荒事、つまり魔物との戦いや護衛任務での対人戦闘とかが得意なわけでも、それらを積極的にやりたいというわけでもないということは……。

ただ単に、アデルから教わった『魔法の真髄』のおかげでそれらをそつなくこなすことができるのと、……『アデルと行動を共にするために』というだけの理由で、その途《みち》を選んだというだけなのである。別に、ハンターとして身を立てるとか、高ランクを目指しているとかいうわけではない。

「だから、マルセラさん達は、無理して今からハンターになろうなどとは考えずに……」

「え？　いえ、私達はハンターになってから既に2年近く経っておりますし、今は全員がCランクですわよ？」

「……え？」

「「「「えええええええ〜〜っっ!!」」」」

驚愕の叫びを上げる、『赤き誓い』の4人。

それはそうである。養成学校もない国で、学園を卒業したばかりの13歳の少女達がCランク、それも3人揃ってなど、そうそうあるものではない。それも、今の恰好はともかく、卒業までハンターなどとは縁がなさそうであった、3人が……。

しかも、2年前といえば、マイルがハンター登録した頃と殆ど変わらないし、下手をすると、養成学校に入学してからFランクとして登録したメーヴィスやポーリンより先輩である。……さすがに、Cランクになったのは、『赤き誓い』の方がずっと早いが……。

「……この前にお会いしました時に、言っていませんでしたっけ？　ハンターとして活動しているということを……」

「「「聞いてないよっっ!!」」」

まぁ、それは、先程マイルが言った『マルセラ達とは一緒に行けない』という理由とは関係ない。Dランクであろうが Cランクであろうが、状況が変わるわけではないのである。

「ま、まぁ、それはともかくとして、皆さんは国元へ帰り、安全で幸せな人生を……」

「ただの駒として、すぐに政略結婚させられて、籠《かご》の鳥ですわよっっ！　そりゃ、安全は安全かもしれませんけど、私の望み、私の『幸せ』とは、別問題ですわよ！」

「同じく！」

「奨学金返済免除のために、仕事先に縛られて、飼い殺しですよ！」

あの、細い眼のオリアーナまでもが、眼をカッと見開いての怒鳴り声。

決して不幸な未来ではないはずであったが、一度手にしかけた『メチャクチャ楽しそうな数年間。

そしてそのあとでも、結婚先には困らない！』という夢を簡単に諦めるには、13歳という年齢は、あまりにも若すぎた……。

『赤き誓い』と『ワンダースリー』で一緒にパーティを、という提案は、誰からも出なかった。

それも、無理はない。

剣士、ひとり。魔法剣士、ひとり。魔術師、5人。

……バランスが悪いにも、程がある。

貴族、3人。商人の娘、3人。平民、ひとり。

偏りが酷いにも、程がある。

リーダー的な者、ふたり（メーヴィスを除く）。腹黒そうな者、ふたり。お金に汚そうなの、ふたり。お人好し、ふたり。（重複あり）

役割重複にも、程がある。


「「「…………」」」

レーナ達は、自覚していた。

今の自分達は、マイルに依存し過ぎている。

戦闘力としては、それぞれ、それなりの自負はある。

しかし……。

収益力と、ハンターとして活動するに際しての生活面においては。

……そう、マイルの『特製の収納魔法』は、便利過ぎた。あまりにも、便利過ぎた……。


「「「…………」」」


マルセラ達は、察していた。

今の自分達は、アデルには必要ないのではないかと。

いくら学園時代は仲良しだったとはいえ、あれからもう2年。

アデルは新たな仲間を得て、新たな生活、そして新たな居場所を得ている。

そこに、今更自分達がのこのこと現れて、無理に割り込み、仲間達との仲を裂こうとしている。

既に自分達より長い付き合いとなっている、新たな仲間達との仲を……。

しかし、『ワンダースリー』にとっては、アデル抜きなど、ハンターを続ける意味すらなかった。

国を飛び出し、理由をこじつけての旅など、アデルが一緒だと思えばこその無茶である。

……最低だ。

共に、そう思った『赤き誓い』と『ワンダースリー』の6人。

しかしどちらも、マイルを、アデルを抜きにして、3人だけでハンターとしてやっていける自信はない。

だが、自分達だけでやっていけないような者が、マイルに、アデルに頼ってハンター生活を続けるなど、恥ずべきことである。

ならば、どうすれば……。

マイルに、アデルに頼らずともやっていけるということを証明し、胸を張って一緒にハンター生活を続けられるようになるためには……。

レーナとマルセラが顔を見合わせ、そして同時に叫んだ。

「「マイル（アデルさん）抜きで、私達6人がパーティを組めば……」」

「どうして、そうなるのですかあああぁ～っっ!!」

マイルの怒鳴り声が、宿中に響き渡ったのであった……。

……それは、本末転倒である。

「な、ななな、何を言ってるんですかあああぁ～っっ!!」

マイル、激おこである。

自分を取り合っていたふたりの男が、意気投合して、自分を置いてふたり仲良く去っていった。

そんな場面を幻視して、混乱するマイル。

せっかく得た、初めての親友達と、信頼できる仲間達。

その両方に、同時に置き去りにされては堪らない。もう、殆ど涙目であった。

レーナとマルセラは、たまたま偶然、同時に冗談半分でおかしなことを口にしてしまっただけであったが……。

（（あれ？　もしかして、本当にそれもアリなのでは……））

おかしな方向で、互いの気が合っていた。

勿論、マイルを捨てて、などということではない。

マイル抜きで合同での依頼を受け、互いの力量、そしてマイル（アデル）にとってどちらがよりふさわしいかを相手に見せつける、という意味において……。

そして、ふたりはこくりと頷き合い……。

「「では、そういうことで！」」

「ぎゃあああああぁ～っっ!!」

錯乱し、泣き喚くマイルであった……。

＊　　＊

「……何だ、そういうことだったのですか……」

レーナとマルセラから事情を聞き、ようやく落ち着いたマイル。

「でも、私、どちらが強いかで決めたりは……」

少し言いにくそうにそう言ったマイルに、マルセラは微笑んだ。

「それくらい、分かっていますわよ。アデルさんは、そういう方だってことくらい……」

「も、勿論、それくらい、当たり前よ！」

マルセラの言葉に柔らかく微笑んだマイルの様子に危機感を覚えたのか、慌ててそう言うレーナ。

どうも、マイルのことを一番理解してくれているのは、やはり『ワンダースリー』のようである。

『ワンダースリー』との付き合いは、1年2カ月。寮の部屋はそれぞれ個室なので、別室。

『赤き誓い』との付き合いは、ハンター養成学校を含め、2年弱。養成学校の寮でも、宿屋でも、常に同室。

……しかし、なぜかマルセラ達の方が、マイルと距離が近いような気がするレーナ達。

だが、そこで……。

「あの、マルセラさん、私のことは、『アデル』ではなく、『マイル』と……」

「「「え……」」」

マイルの言葉に、激しく動揺するマルセラ達。

そう、マルセラ達にとって、あくまでも、アデルは『アデル』なのである。

今、名乗っている偽名ではなく、自分達が知っており、そして呼び慣れている、本当の名前。その名で呼ぶことにより、昔からの絆を、そしてレーナ達との違いを見せつけるという意味もあった。なのに、その名、『アデル』という名を呼ぶことを拒否された。

……それは、ショックであろう……。

「私、その名は捨てて、今は『マイル』と名乗っています。なので、『アデル』という名は、私達4人だけで、他の人がいない時にだけ……」

「「「あ……」」」

そう、アデル、いや、マイルは現在、母国から逃げ出している状態なのである。

命を狙う可能性があった父親と義母は処刑されて既に亡く、身の危険という意味ではもう逃げる必要はないのであるが、今度は、国王達に目を付けられたり、アスカム子爵としての義務……それも、領主としての領民に対するものだけではなく、貴族としての国への、そして王家への義務……を強要されそうな気がして、国へ戻ることなく、気ままなハンター生活を続けているマイル。そのマイルの本名を、人前で、大声で連呼されては堪らない。

まぁ、実際には、自国の貴族家の不祥事を他国に喧伝《けんでん》するはずもなく、そして他国で兵士や間諜をアデル捜索のために大っぴらに活動させるわけにもいかず、『女神が宿りし貴族の少女』に国から逃げられる羽目になったことも、その存在をも他国に知られるわけにはいかないため、あまり大っぴらに国外に情報が流れているとは思えない。

……勿論、大通りでやらかしているから、一部の不確かな情報は漏れているかもしれないが、それだけでは、『アデル・フォン・アスカム』という名の貴族の娘とも、そして『マイル』という名のCランクハンターの少女とも繋がらない。学園では、アデルは平民という触れ込みであったし……。

ともかく、他国において多少『アデル』という名を聞かれたとしても、大したことにはならないであろうと思われた。

そもそも、もし隣国の貴族家の不祥事が多少は漏れ聞こえてきたとしても、それは『アスカム子爵家』という名と、父親の名が伝わるくらいであり、娘の名などは噂話の伝達の途中で削り落とされるであろう。

また、ハンター支部においても、過去を捨てたハンターが新たな名でハンター登録することなど珍しくもない。

そして、それはその者の『新たな名』であり、決して『偽名』ではない。

そう、マイルが他の名で呼ばれたとしても、誰もそれを気にする者などいなかった。

下手にハンターの過去を詮索しようなどと考えた者は、その翌日にドブに落ちた死体となって見つかったとしても、誰も驚かない。

それは、盗賊が、襲った商隊に返り討ちに遭ったのと同じであり、それを犯罪として咎《とが》める者などいないのである。……たとえ警吏《けいり》であっても。

それがハンター達の暗黙の了解、常識であり、ハンターではない者達も、そのルールは皆知っており、それを尊重している。命に関わることなので、そのことは幼い子供達にも教えられており、孤児達にとってさえ常識となっているのである。

しかし、物事には『万一』ということがあるし、『うっかり』とか、『不幸な偶然』とかいうこともある。この街からマイルの母国へと向かう商隊もあるし、その護衛につくハンター達もいる。不要な危険を冒すべきではないのは、当たり前であろう。

それに思い至らず、今まで他の者の前で何度も『アデル』と呼んでしまったことを後悔し、そしてそれ以上に、もう人前で『アデル』という名で親友を呼べなくなったことに落ち込み、どんよりとした顔で俯くマルセラ達。

あまりにも酷いその落胆振りに、さすがのレーナも揶揄《やゆ》の言葉を控えたくらいであった。

自分達だけの時には、昔と同じ、『アデル』という名で呼べる。

そうは言っても、マルセラ達のショックは大きかった。

自分の飼い猫だと思っていたのに、実は本当の飼い主は別にいて、自分の家はただ『飼い主がいない時や暇で退屈している時のための、別宅』であったと知った時の……、いやいや、マイルは別にマルセラ達の飼い猫というわけではないが……。

黙り込んでしまったマルセラ達を見て、空気が読める心遣いの人メーヴィスが、慌てて話題を変えた。

「み、皆さん、夕食前にお風呂に入られては……。この宿、このレベルの宿屋としては珍しく、お風呂があるんですよ！」

「「「…………」」」

無言で、こくりと頷くマルセラ達、３人。

お風呂の存在は嬉しいが、大喜びするような精神状態ではないのであろう。

「マイル、案内してあげなさい！」

レーナも、どうやら鬼ではなかったらしい。気落ちしたマルセラ達に気遣って、マイルに一緒に行くよう促《うなが》した。

「あ、は、はい！」

そして、マイルと一緒にお風呂へと向かう『ワンダースリー』一行。


「……でも、マイルは渡さないわよ……」

マイル達が去ってから、ポツリとそう呟くレーナ。

「いや、それを決めるのは、私達じゃないよ」

先程は、つい動転してしまい勝手なことを言ってしまったが、頭を冷やして落ち着けば、至極尤もなことを言うメーヴィス。さすが、常識人であり、『赤き誓い』の良心である。

「「…………」」

そして、それを聞いて、不満そうな顔のレーナとポーリン。

ふたりも、分かってはいる。しかし、Aランクを目指しているレーナも、お金を貯めることを目指しているポーリンも、マイルを手放したくはなかった。

勿論、自分達が得られるメリットとしての打算だけではなく、今まで2年間、共に学び、共に戦い、共に助け合ってきた仲間としても……。

マイルにとって、レーナ達3人は、マルセラ達に続き2番目にできた大切な『お友達』であるが、それを言うならば、物心ついた頃には既に父親とふたりで行商の旅をしていたレーナにとっても、貴族のお嬢様として家族に守られて大切に育てられていたメーヴィスにとっても、そして中規模商家のお嬢様として育てられていたポーリンにとっても、皆、本当に腹を割って話せる『気の置けない友』、『親友』、そして『仲間』というものを得たのは、今回が初めてかもしれなかった。

ハンター養成学校での、半年間の寮生活。そしてそれに続く、宿屋や野営での1年半。

常に寝食を共にし、助け、助けられた2年間。

マイルがマルセラ達ともレーナ達とも別れたくないのと同じく、レーナ達もまた、マイルと離れたくはなかった。

そしてそれは、一緒に過ごした期間が1年2カ月と『赤き誓い』よりは短いものの、マルセラ達にとっても同様であった。

自分達の望み。

マルセラ達、『ワンダースリー』の望み。

そして、マイルの望み。

それぞれが望むことと、それぞれの『本当の幸せ』に至る道が同じとは限らない。

望む道を進んだ結果としての、不幸。

意に沿わぬ道を進んだ結果としての、思わぬ僥倖と、本当の幸せ。

誰も、他人の人生に口出ししたり、強制したりはできない。

そう、誰も、その責任を取ることなどできはしないのだから。

だが、自分が望む道、進もうとする道が、他者の道によって塞がれていたならば。

……その時には、自分の道を通すために、他者の道をぶった切ってもいいのではないか？

法律が許す範囲内において……。

＊　　＊

「ここが、お風呂です！」

「「「おおお……」」」

感激に、声を震わせるマルセラ達。

前回この町に滞在したのはほんの数日間だったため、途中でマイルを捜すために宿替えをしたりしたものの、この宿屋には泊まっていなかったらしい。

「ここが、更衣室……、あ！」

マルセラ達に説明しようとして、何やら思い付いたらしいマイル。

「あの～、皆さんに、『清浄魔法』をお教えしようかと思うのですが……」

「『清浄魔法』？　何ですの、それは？」

「えと、衣服や身体を綺麗にして、清潔を保つ魔法です。これを使えば、洗濯したりお風呂に入ったりしなくても……、ひいっ！」


「……」

「「…………」」

「「「…………」」」

「「「どうして、その魔法を教えてくれなかったのですかあああああぁっっ!!」」」

「あわわ、すっ、すみませんでしたあああぁっっ!!」

いくら心を許した親友であっても、世の中、許せないことはある。

ハンターなのだからと割り切って、涙を飲んで捨て去り、ドブに叩き込んだ『乙女の尊厳と恥じらい』。

……それが。それが、捨てる必要のないものだったと？

マイルが、その便利な魔法を自分達に教えるのを忘れてさえいなければ……。

「モニカさん、オリアーナさん、『くすぐりの刑』ですわ！」

「「はい！」」

がしっ！

がしっ！

マイルの両腕を摑み、肩を押さえるモニカとオリアーナ。

そしてマイルの脳裏に、２年前のことが甦る。地獄の折檻《せっかん》、罰ゲームの記憶が……。

「や、やめ、やめ……、嫌ああああぁ～っっ!!」


「「「「ぜぇぜぇぜぇ……」」」」

息も荒く、疲れ果てた様子の４人。

ボロボロで汗だくである。

「……まぁ、今からお風呂に入るのですから、よかったですわね……」

そう、風呂上がりであれば大惨事であるが、入浴前であれば、どうということはない。

「加害者が言いますかあああぁっっ！」

そして、気を取り直して、3人に衣服の清浄魔法と身体の清浄魔法をレクチャーする、マイル。

そのふたつの魔法は、同じ『清浄魔法』であっても、微妙に異なるのである。

身体の方は、衣服と違って除去するものと除去してはいけないものの境目が微妙であり、『身体以外の余計なものを全て分解消去する』ということにすると、体表に付着している善玉菌やら皮膚を守るための脂、皮脂膜、角質等、残すべきものも全部、綺麗さっぱり消去されてしまう可能性があるからである。

但し、急ぎの時や適当でいい時は、微妙な『清浄魔法による、汚れの分解消去』ではなく、ただの洗浄魔法として、身体も衣服も同時に泡に包まれてしゃわしゃわと洗ってから水で流して乾燥させる、という荒技もあるが……。

マルセラ達は3年前、マイルと出会ってすぐに『魔法の真髄』を教わっており、その後の1年2カ月はマイルと共に、そしてその後は3人で様々な研究と研鑽を重ねてきたのである。マイルからひととおりの説明を聞いただけで、すぐに『清浄魔法』と『洗浄魔法』を修得した。

「こ、こんなに簡単に……」

「わ、私達の、旅の間の、あの苦しみは……」

「…………」

再び、ギロリと睨まれて、思わず首を竦《すく》めるマイル。

「ご、ごめんなさいぃ……」

そして、お風呂である。

いくら魔法で身体が綺麗になっても、お風呂は、また別である。

お湯を被り、湯船に浸《つ》かる。

そう、お風呂は、別に身体の汚れを落とすだけのために入るものではない。

身体を洗うことの他に、リラックスする、癒されたい、心も身体も温まりたいという、様々な目的がある。

身体を洗うのにしても、発汗により毛穴の中の汚れや老廃物を流すとかの、水で洗ったり魔法で洗浄したり、そして洗面器のお湯とタオルで擦ったりするのとは違った効果があり、お風呂にしかない良さがあるのである。

「ふあぁ〜、気持ちいいですわぁ〜〜……」

練習を兼ねて清浄魔法で身体を綺麗にしたものの、一応のマナーとして、ちゃんとかけ湯をしてから湯船に入った、４人。今は『赤き誓い』が滞在しているため、仕切り板は外して浴槽全てを開放しているので、４人くらいは楽々入れる。

そして、かけ湯は、身体の汚れを落としてから入浴するというマナーだけの問題だと思われがちであるが、実は、風呂の温度や刺激に身体を慣らすためという大切な意味がある。

これで、入浴中の脳卒中や心臓発作が防げるのである。いくらみんなまだ若いとはいえ、身体に余計な負担は掛けない方が良いであろう。
4人一緒にお風呂に入るのは、学園の大浴場以来である。
……そして、マルセラ達3人はともかく、マイルとは2年振りである。

じ～っ。

じ～っ。

「「「…………」」」

ふっ、とマイルから眼を逸《そ》らす、マルセラ達。
「何ですか！　その、憐れみの眼は、何ですかあああぁ～～っっ!!」
マイル、激おこ。
しかし、仕方ない。
マルセラ達は、3人共、この2年間の成長が如実に表れていた。
……特にその、胸部に。
そして、マイルは……。

「……」

「「…………」」

「「「…………」」」

「うがあああああぁ～～!!」

浴室に、マイルの悲痛な叫びが響くのであった……。

＊　　＊

「どうして、あんただけそんなにげっそりしてるのよ……」

お風呂から戻ってきた４人のうち、マイルの様子に、怪訝そうにそう尋ねるレーナ。

「レーナさん、一緒にお風呂に入りましょう……」

「え？　あんた今、その子達と一緒に入ってきたばかりじゃ……」

……そして、マイルの顔、マルセラ達の顔を見て、そしてその視線を辿り……。

「あ、あんた、ま、まさか……」

そして、全てを察したレーナ。

「私を見て、気を取り直そうってつもりかあぁぁ！　アンタより大きいわよ、ふざけんなアアアァ！」

醜い争いが始まってしまった……。

困惑するマルセラ達であるが、メーヴィスとポーリンは慣れたものであり、動じた様子もない。

そして、メーヴィスがポツリと呟いた。

「争いは、同じレベルの者同士でしか発生しない……」

そう、それは、ミアマ・サトデイルの小説によく出てくる一節であった……。

第九十七章　合同受注

「というわけで、合同で依頼を受けるわよ！」

「何が、『というわけで』ですかっ！」

マイルの突っ込みはスルーして、こくりと頷く6人。

「とりあえず、互いの実力を見ないことには、話ができませんからね。こちらとしましても、異議はありませんわ」

マルセラの言葉に、こくこくと頷くモニカとオリアーナ。

こうして、『赤き誓い』と『ワンダースリー』の、合同受注が決定したのであった……。

＊　　＊

「じゃ、行きますか……」

「「「「「「おお!!」」」」」」

翌朝、朝食を終えて少し休憩したあと、7人揃って出掛ける『赤き誓い』と『ワンダースリー』の、臨時合同チーム。

食後すぐに激しい運動をするのは良くないので、少し休み、それからゆっくり歩いて行けば、狩り場に着いた頃には丁度いい状態、というわけである。

普段であれば、早くギルド支部へ行かないとめぼしい依頼がなくなるとか、依頼の物色の間に時間が経つとかで、朝食を摂ったあとはすぐに出掛けるのであるが、今日はその必要はない。

今回の目的から、特定の依頼を受けるのではなく、フリープレイ、つまり依頼を受けるための事前手続きの必要がない、常時依頼や素材採取等を行き当たりばったりでこなす予定なのである。

行き先は、Cランクの下位から中堅あたりのパーティが狩り場としている森であった。

そこは、オーガが出るため、Dランク上位に毛の生えた程度の実力しかないCランク下位のパーティにはお勧めできない狩り場である。

たとえオーガを倒すことができても、パーティメンバーがひとりでも大怪我をすれば、アウトである。

重傷者を担いで戻るとなれば、獲物を運ぶ余裕など殆どなくなる。そして、治療費、完治までの活動の休止、その他諸々……。

それでも、完治すれば、まだマシである。

後遺症や部位欠損による、引退。死亡。

そんな危険を冒すようなパーティは、最初の1~2カ月で姿を見なくなる。

なので、ハンターが受ける討伐依頼は、95パーセントの確率で全員が無傷、4・99パーセントの確率で、軽傷者がひとりかふたり出る程度。そういう依頼だけである。

いくら実力があろうと、そしていくら簡単そうな依頼であろうと、物事、『100パーセント』とか、『絶対』とかいうようなことはあり得ない。残り0・01パーセントは、そういう、『不幸な出来事』の分であり、それをいかに減らすかが、パーティリーダーの手腕であり、危機に陥った時に発揮されるパーティの本当の力というものであった。

但し、護衛依頼に関しては、襲われる確率や襲ってくる敵の強さが千差万別であるため、襲われなければ勿論全員が無傷であるが、襲われ、戦いになった場合は負傷や死亡の確率が跳ね上がる。

なので、勝負にならないと思った時は、最初から降伏する場合が結構多かった。

とにかく、7人揃っての、常時依頼への出撃である。

(7人の淑女《レディ》が、常時依頼の準備完了《レディ》。レディジョージィ?)

そして相変わらず、わけの分からないことを考えているマイルであった……。

「いい? 一応はみんなで合同パーティのように行動するけど、思わぬ敵が現れて危険に陥ったりしない限り、それぞれ別のグループとして戦うわよ。互いのことをよく知らないのに共闘するのは危険だからね」

皆、レーナの言葉に頷く。擦り合わせもしていない者同士がいきなり共闘したりすると、前衛の攻撃パターンが読めず、魔術師が味方撃《フレンドリー・ファイア》ちしてしまう確率が跳ね上がるのである。

あの、『女神のしもべ』のような妙技は、メンバーが入れ替わることなく長年の訓練と実戦を続けた賜物《たまもの》であり、そうそう簡単に真似できるようなものではない。

「そしてマイルは、私達の誰かが要請しない限り、一切の手出しもアドバイスもしないこと！　でないと、力較べの意味がないからね！」

「は、はい、分かりました……」

最初は、置いていかれそうになったのである。頼み込んで、何とか連れていってもらえるようになったマイルには、拒否権などなかった。

「では、今、この瞬間から、２泊３日、『赤き誓い』と『ワンダースリー』による常時依頼及び採取の合同受注による行動を開始します！」

一応、改まった顔でそう宣言するレーナ。

『開始するわよ』ではなく、『開始します』と、きちんとした言い方をするあたり、レーナの本気というか真面目《まじめ》さというか、とにかく、真剣さが表れていた。

そしてレーナの言葉に、こくりと頷く５人。

……マイルは、対象外であるので、頷かずに傍観しているだけである。

そして、宿から出て、狩り場の森へと向かう７人。

（…………）

マイルは、最後尾について歩きながら、気になることがあるためそわそわしていた。

しかし、レーナから『緊急時と要請があった時以外、任務行動に関する一切の手出しやアドバイスは禁止！　それらに全く関係ない話や、休憩時の普通の会話は許可する』と言われているため、それを口にするわけにはいかなかった。本当は自分達だけで行くつもりであったレーナに、何とか連れていってもらえるよう頼み込んだ時に出された条件なので、それは仕方なかった。

なので、最後尾から、前方の『ワンダースリー』と『赤き誓い』を黙って眺めるマイル。

自分達の荷物を背負い、腰に水筒を提げた『ワンダースリー』と、剣や杖《スタッフ》以外は何も持っていない『赤き誓い』の後ろ姿を……。

＊　　＊

「じゃあ、そろそろ昼食にしましょうか。その後、狩りを始めるわよ。採取は、売り値が高めの薬草や高級食材の群生地を見つけた時以外は、スルーでいいわよね？」

「ええ、それでよろしいですわ」

狩り場の森に着いて、ある程度奥へと進んだところでレーナがそう提案し、了承するマルセラ。

まだ昼《おひる》1の鐘にはやや早いが、狩りを始めてすぐに昼食、というのも効率が悪いので、その方が良いのであろう。

そして、背負った荷物を降ろし、中から保存食を取り出すマルセラ達。

保存食ではあるが、魔法で簡単にお湯や火が出せるマルセラ達は、温かいスープの準備や加熱調理が簡単にできるため、他のパーティに較べ、野外での食事は遥かにマシなものが用意できる。

３人も魔術師が揃っており、しかも魔法効率が良いために、あまり魔力を節約する必要がないのである。これが、普通の魔術師をひとりだけ擁したパーティだと、そんな贅沢のために、これから戦闘を控えているという時に貴重な魔力を浪費したりすることが許されるわけがない。

そして……。

「じゃ、うちも……。今日は、何にしようかしら？　マイル、今日のお勧めは何？」

いくらお湯を使ったり加熱調理できたりするとはいえ、マイルが暇な時に時間をかけて作った料理の数々とは較べようもない。ふふん、といった顔でマイルにそう言ったレーナであるが……。

「ありません」

「え？」

マイルの返事に、何を言われたのかが一瞬分からず、呆けた顔のレーナ。

「いえ、ですから、私は『任務行動に関する一切の手出しやアドバイスは禁止』ですよね？　それなら勿論、２泊３日の任務行動における大きな要因である、食事についても……」

「「あ！」」

マイルの言葉の意味を理解し、愕然とするメーヴィスとポーリン。

レーナは、完全に固まっている。

そして、メーヴィスが蒼《あお》い顔をして呟いた。

「も、もしかして、野営の準備とかも……」

こくり。

「「「…………」」」

武器と防具以外は、完全に手ぶらである『赤き誓い』の3人。

今までの旅では主に宿屋を利用していたとはいえ、勿論、野営のための最低限の装備は持ち歩いている『ワンダースリー』の3人。

「あら、どうかなさいましたの?」

そう言って、にっこりと微笑むマルセラと、モニカ、オリアーナ。


最初は、マイルを連れていくつもりがなかったくせに。

マイルに依存し過ぎることを警戒し、マイル抜きでの依頼を試したことがあったくせに。

駄目であった。

……駄目駄目であった。

普通の場合であれば、困った者がいたならば自分達の食料を分け与えるであろう、『ワンダースリー』。

しかし、今は『普通の場合』ではなかった。

互いの優劣を競い合う場で、それも、決して負けるわけにはいかない場で、わざわざ相手を助けたりはしない。助けるのは、勝負が決まった後である。

『『『…………』』』

『赤き誓い』、幸先《さいさき》の悪いスタートであった……。


「……じゃ、そろそろ始めましょうか……」

不機嫌そうな顔で、遭遇戦による討伐開始を宣言するレーナ。

勿論、昼食は抜きである。

あまり無駄な時間はかけられないのに、今から食用の獲物を狩って解体して、というわけにもいかない。白湯《さゆ》だけでも、と思っても、カップもないのでは、飲みようがない。時間がない今は、断念するしかなかった。

さすがに、水は飲んだものの、カップも水筒もないため魔法で出した水を直接手で受けて飲んだため、大半が溢れてしまい、効率が悪いこと、甚《はなは》だしい。

魔力が豊富な魔術師がふたりいるから大したことがないが、これが普通の魔術師ひとり、とかであれば、戦闘用に魔力を温存するため喉の渇きを我慢しなければならないところである。

しかし、まだ一日二食の者が多い中、一日三食を採用しており、ちゃんと朝食を摂っていたのは幸いであった。いくら満腹を避けるため少な目ではあっても、朝食を摂っていたならば、昼食を抜くくらいは大したことはない。事実、今までも、任務内容によっては昼食抜きのことも結構あったのである。

そう、『赤き誓い』の3人にとって、この件は、実は肉体的なダメージではなく、精神的なダメージが大きかったのである。

こんな簡単なことに、3人が、揃いも揃ってどうして気付かなかったのか。

マイルがついてこないならば、気付いていたかもしれない。しかし、マイルが一緒に来ると決まった途端《とたん》、『あ、いつものままだ』と思い込んでしまったのは、馬鹿にも程がある。

そして夜には、夕食、そして野営が待っている。

さすがに、夕食まで抜くわけにはいかない。そして、明日の朝食も。

それは、明日の行動を大きく阻害し、下手をすると、思わぬ失敗に繋がりかねない。

そのためには、夜までには何とかしなければならなかった。

「メーヴィス、ポーリン、途中で食べられそうな野草か木の実があれば採取するわよ。……それと、メーヴィスには夕食前に木を削ってカップ代わりにできそうなものを作ってもらうからね。だから、少し早めに野営準備を始めるわよ」

さすがレーナ、すぐに対策を立て、小声でメーヴィスとポーリンにそっとそう囁いた。

そして、黙って頷くメーヴィスとポーリン。

自分達から野営の時間を早めたいと言い出すのは癪《しやく》であるが、やむを得ない。

マイルがよく言う、アレである。『背に腹はかえられぬ』というやつ……。

＊　　＊　　＊

「角ウサギ《ホーンラビット》！」

「スルー！」

「狩るわよ！　ポーリン！」

「はいっ！」

モニカが発見報告をした角ウサギ《ホーンラビット》を、マルセラはスルーするよう指示し、レーナは狩ると指示した。そのため、『ワンダースリー』は傍観し、『赤き誓い』の3人が即座に動いた。

ポーリンが風魔法で角ウサギ《ホーンラビット》の動きを止め、レーナが火災防止のため得意な火魔法ではなく氷魔法で危なげなく仕留め、メーヴィスが手際《てぎわ》良く血抜きをする。

「「「…………」」」

黙ってそれを見ているマルセラ達であるが、勿論、皆、心の中では色々なことを思っていた。

（そんな、大したお金にならないものを狩っても……、あ、夕食用ですか……）

（その程度の獲物、もっと後で狩ればよろしいのに……。狩りを始めた早々に夕食用のものを狩っては、これから先、大物を探して行動するのに荷物になるだけですのに……）

（あ～、絶対に夕食抜きにはしたくないから、効率的な計画を立てる余裕がないのですね。夕食《えもの》を目にした途端、絶対それを確保せねば、と思っちゃったわけですね……）

気の毒そうな顔で、黙って『赤き誓い』の行動を見ている『ワンダースリー』。

そして、その様子から、彼女達が何を考えているか、……つまり、焦った自分の判断ミスに気付き、顔を赤らめるレーナ。

そう、その程度のものは後で狩れるし、大物を仕留めれば、その一部を夕食に回してもいい。どうせ、高値で売れる部分しか持ち帰れないのだから。

少女6人で運べる量など、たかが知れている。だから、今日、明日で仕留めた獲物は、解体して、持ち帰れるだけの一番いい部分を氷魔法で冷やし、その他は捨てて帰ることになるのである。

冷却も、完全に凍らせるわけではない。低温で傷みを抑え、少し熟成が進む程度にしておくのである。あまり冷たいと、持ち帰る時に、自分達が色々と辛いことになってしまう。

実際には、『捨てたことにした部分』はマイルが収納魔法で持ち帰り、その売却金はみんなで分けるつもりであるが……。

結局、もし後で獲物が狩れなければ、と心配した『赤き誓い』のために、余計な時間を潰し、余計な荷物を抱えることになった一行。

　まぁ、荷物を抱えることになったのは、元々手ぶらであった『赤き誓い』なので、マルセラ達には別に文句はなかったのであるが、レーナ達は、昼食時に続く自分達の失点に、かなり気落ちしているようであった。


「前方、オーク3！　1時半、130メートル！」

　モニカの小さな、しかし鋭い声に、反射的に立ち止まった6人。

「……どうして分かるのよ！　マイルじゃあるまい……し……」

　文句を言い掛けたレーナの声が、途中で小さくなり、途切れた。

　そう、それは、『マイルが自分からはレーナ達に教えようとは言い出さないため、レーナ達から要求することもできず、マイルひとりだけが使える魔法』であった。

　そう、そのはずの魔法、マイルの『実家の秘伝』であった……。

「「「…………」」」

　暗い。

『赤き誓い』の3人の表情が、暗かった……。

「行きますわよ！」

「「おおっ！」」

小さな、しかし元気な声で気勢を上げ、姿勢を低くして、たっ、と素早く移動する『ワンダースリー』と、はっとして、慌ててそれに続く『赤き誓い』。


（ど、どうして……）

そして、愕然として立ち尽くす、マイル。

マイルの探索魔法は、学園から逃げ出した後で開発したものである。なので当然、マルセラ達に教えてはいない。それを、どうしてマルセラ達が使えるのか。

（ま、まさか自分達で？　しまった……）

しかし、考えてみれば、魔術師ではなく、魔法に関することは『魔術師相手に戦うために』という観点からの教育を受けただけであり、マイルからは何も教わっていないはずのメーヴィス。そのメーヴィスが、完全に独力で、治癒魔法もどきの方法や、マイルの探索魔法からヒントを得てそれを剣術に応用した、あの驚異の必殺技、『メーヴィス円環結界《リング》』を編み出したのである。

ならば、マイルから『魔法の真髄』を教わった、マルセラ、オリアーナ、モニカの3人が力を合わせれば。

……そして、時間は充分にあった。そう、2年間も……。

マイル、この世界の人々を、そして自分の仲間達を甘く見すぎであった……。

（ヤバい……）

蒼くなって、震えるマイル。

そして、マルセラ達に自分が教えた特殊な魔法だけでなく、『魔法の真髄』から自分達で考案した魔法もなるべく秘匿するよう言い忘れたことを後悔する、マイル。

いや、魔法の使い方を教えないように、とは、勿論釘を刺してある。しかし、人前で大っぴらには使わず、この手の魔法の存在そのものを秘匿せよ、という言い方はしていなかった。それに、まさか独自に探索魔法を開発していようなどとは、思ってもいなかった……。

そして、レーナ達はマイルのパーティメンバーである。当然、マイルが使う異常な魔法のことは知っており、それらを教えられているであろうとマルセラ達が考えるのは当然であった。それならば、レーナ達の前ではマイル関連の魔法を隠す必要はない、と考えるのも……。

そう、確かにその通りであり、レーナ達はマイルの探索魔法のことは知っている。何度も目の前で見せられ、そして何度も助けられている。だから、その魔法を目にしても、別に驚くことはない。

……ただ。

自分達が教えてもらえない、マイルの実家の秘伝中の秘伝を、マルセラ達は教えられている。

それは、マイルの想像を遥かに超えて、レーナ達にショックを与えていた。

そして、ショックを受けたレーナ達がちらりとマイルの方に目をやると、マイルが後ろめたそうな顔をしていた。

そのことが、レーナ達を更に傷付けた。

……せめて、いつものように馬鹿面をしてくれていれば。

何も気付かず、ぽかんとした顔をしてくれていれば……。

先行する『ワンダースリー』とも、最後尾のマイルとも少し距離があいた瞬間に、レーナが小声でメーヴィスとポーリンに自分の考えを伝えた。

「アイツらは、弱い。だから、強い魔物を回避するために必要だった。なので、マイルがアイツらから離れる時に、あの魔法を教える必要があったのよ。

でも、私達は強いし、マイルは私達から離れない。なので、私達には、本当は絶対に他者に教えることは許されていないはずのあの魔法を教える必要はなかった。ただ、それだけのことよ！」

こくり
こくり
レーナの言葉に、黙って頷くメーヴィスとポーリン。

そう。

きっと、そうに違いない。

そして……。


「ソイル・スピアー！」

「アイス・ネイル！」

「ウォーター・カッター！」

どすっ！

ぶすぶすぶすぶすぶす！

すぱ〜ん！

「「「え……」」」

「ソイル・スピアー！」

戦闘力は完全に失ったものの、即死には至っていなかった1頭に、モニカが土の槍《ソイル・スピアー》でとどめを刺した。最初の攻撃から、殆ど間を空けずに放った2撃目で。

それは、頭の中で高速詠唱したにしても、あまりにも早い2撃目であった……。

「そ、そんな……」

愕然とする、レーナ達3人と、マイル。

木々の間からオークを視認した瞬間に、魔法名のみで放たれた、3つの詠唱省略魔法。

相手が魔法名から攻撃内容を知ることができる人間ではなく、また、充分に離れた場所からの奇襲攻撃であったため、わざわざ威力が落ちる完全無詠唱にする必要がなかったので使われた、魔法名だけは声に出して唱える、詠唱省略魔法。

そう、もし必要ならば、完全な無詠唱で放つことも簡単であったろうと思わせる、無造作に放たれたその魔法。

……そして、モニカが放った2発目は、1発目との間隔が短すぎた。あまりにも……。

もし『赤き誓い』が攻撃していたとしても、ほぼ同等の結果となっていたであろう。

レーナとポーリンが魔法攻撃による一撃でそれぞれ1頭ずつ仕留め、メーヴィスがウィンド・エッジで傷を負わせ、そのまま突っ込んで剣でとどめを刺す。もしくは、レーナかポーリンが魔法の2発目でとどめを刺す。

……同等。

ポーリンはともかく、何年も『赤き稲妻』のみんなに鍛えてもらい、ソロで活動し、半年の養成学校を経て、Cランクパーティとして1年半も活動してきた自分と、幼い頃から何年もの間、凄腕の家族に鍛えてもらったメーヴィスが、苦労知らずの学園出のお嬢様達のお遊びパーティと、同等……。

いや、モニカの脳内詠唱速度は、間違いなく、自分達より速い。

「くっ……」

しかし、今は何も言うべき言葉はない。

そう、今は、行動で、そして結果で示すべき時であった。

「ふ、ふぅん、結構やるじゃないの。じゃあ、次は私達の番ね！」

そう言って、メーヴィス、ポーリンと共に、『ワンダースリー』の前に出て歩き始めたレーナ。

次はマルセラ達より先に獲物を見つけ、自分達が仕留めるつもりらしかった。

「……待ってください！」

しかし、すぐにモニカに呼び止められた。

「何よ！」

立ち止まり、少し不機嫌そうにそう言うレーナであるが……。

「獲物を放置して、どうするのですか！」

「「あ……」」

＊　　＊

「じゃ、これで……」

本当であれば、オークを解体し、一番高く売れるところを持てるだけ持って引き揚げるべきところである。

しかし、今回は『力較べ』という目的があるため、『帰投時に、持ち帰るべきオーク肉と同じ重さの砂袋を運ぶ』ということにして、狩ったオークについては一旦『状況外』とし、マイルが収納に収めた。演習における、統裁官判断、というやつである。

マルセラ達にここで限界ぎりぎりの大荷物を持たせて『赤き誓い』の行動に付き合わせるわけに

はいかないし、オークを中途半端に解体するのも、持ち帰るのがぐちゃぐちゃの血塗《ちまみ》れの肉塊になってしまうため、願い下げであった。なので、マイルの裁定に文句を言う者はいなかった。

そして、再び狩りのため先へと進む一同。

小動物や鳥、売り値が安い植物等はスルーし、大物を探して先頭を進む『赤き誓い』の3人。

しばらく経って……。

「目標、視認！　オーガ4頭！」

「よし、貰ったわ！」

いつものように、マイルが探索魔法を使わない時には一番早く獲物を見つけるメーヴィスが、今回も一番に獲物を発見した。

『ワンダースリー』が倒したオークとは違い、更に強いオーガが4頭。『赤き誓い』の力を見せつけるには、充分な獲物であった。

「パターンS－1！」

レーナの指示が飛ぶ。

パターンSは、他者の眼を気にすることなく、出し惜しみせずに全力を出す場合のことである。マイルが、自分達にも教えていないことを教えている『ワンダースリー』である。自分達がマイルから教わった『実家の秘伝』を見られても問題はないと判断したのであろう。

いや、それどころか、それを見せつけるためなのかもしれなかった。マイルから秘伝を教えてもらっているのはお前達だけじゃないぞ、ということを見せつけるために……。

レーナ達の実力であれば、ただオーガ4頭を倒すだけならば、別にマイルから教わったことを使うまでもないはずであった。

モニカのように探索魔法を使っていたわけではないので、獲物との距離は、さっきのオークの時よりもずっと近い。しかしそれも、射程距離が短い、ポーリンの最凶範囲攻撃魔法を使うには丁度良かった。

そして『赤き誓い』には『ワンダースリー』と違い、敵を塞《せ》き止めてくれる前衛がいるので、何の問題もなかった。

「ホット・トルネード！」

「アイシクル・ダーツ！」

「ウィンド・エッジ!!」

普通の攻撃魔法は得意ではないポーリンが、自分が放てる最凶の攻撃魔法であるホット魔法を躊《ため》躇《ら》いもなく行使。

レーナは、森の中とあって火魔法が使えず、かつ敵の数が多いことから、ポーリンと同じく範囲攻撃魔法を選択し、7～8本の投げ矢状の氷が飛び出す攻撃魔法により敵全体の戦闘力低下を狙う。

そしてメーヴィスは、とてもオーガを倒せるような威力ではないが、せっかくだからと、敵中に突っ込む前にウィンド・エッジを放っておいた。

メーヴィスは、すぐに敵中に突入することはできないのである。

そんなことをすれば、ポーリンのホット魔法の余波をモロに受けて、オーガ達と一緒に悶《もだ》え苦しむことになってしまう。なので、もう少し待機である。

ポーリンのホット魔法に苦しむオーガ達はこちらに突っ込んでくる余裕はとてもないらしく、時間的余裕は充分にある。

オーガは、レーナのアイシクル・ダーツを複数受けた上にメーヴィスの攻撃を受けた1頭が倒れ、残り3頭は、まだ立ってはいるものの、とてもまともに戦えそうな状態ではなかった。そしてそこに、魔術師組の第2弾が放たれた。

「アイシクル・ジャベリン！」

レーナの単体攻撃魔法。

「ウィンド・ストーム！」

そしてポーリンが、風魔法でホット・トルネードの残滓《ざんし》である赤い空気を吹き飛ばした。

レーナが確実に1頭を仕留めたため、残るオーガは2頭。

そして、声を上げることなく敵に突っ込むメーヴィス。

せっかく敵の眼と鼻を潰したというのに、わざわざ声を上げて、攻撃の予告をした上に、こちらの位置を教えてやる必要はない。

そして、範囲攻撃魔法であるため1頭あたりへのダメージは少ないとはいえ、碌《ろく》に眼も見えず鼻も利かず、負傷した状態のオーガなど、マイル特製の剣と左腕を持つメーヴィスの敵ではなかった。間違っても敵に後方へ抜けられてレーナ達が危険に陥ることのないよう、オーガとレーナ達との間に位置するよう気を付けて、一気に2頭を斬り捨てるメーヴィス。

……危なげなく殲滅。完璧であった。

3頭のオークを、3人で、4発の攻撃魔法で倒した『ワンダースリー』。

4頭のオーガを、3人で、5発の魔法と剣で倒した、『赤き誓い』。

何となく互角のように思えるが、実際には、オークに較べずっと頑丈なオーガを攻撃魔法で倒すにはかなりの威力が必要であり、もし相手を入れ替えたなら、『ワンダースリー』の攻撃ではオーガを一撃では倒し切れていなかった可能性があった。

しかし、そんな『もし』を理由にしてどうこう言えるようなレーナ達ではない。それに、相手がオーガであったなら、マルセラ達も、もっと強力な攻撃魔法を使ったであろう。

……なので、今のところ、互角。

だが、『赤き誓い』と互角である『ワンダースリー』はいいが、素人だと甘く見ていた『ワンダースリー』と互角である『赤き誓い』は、心中穏やかではなかった。

そして、その後は大した獲物に遭遇することなく、両方のパーティがそれぞれ夕食用の角ウサギ《ホーンラビット》を数匹狩っただけであった。

どちらのパーティも、デカいオークやオーガを夕食だけのために捌《さば》いて肉を切り取るのは、あまり気が進まなかったらしい……。


野営は、特に問題はなかった。

昼食の時は、いきなりであったため、少し動転しただけである。落ち着き、そして時間さえあれば、『赤き稲妻』時代も含めればマイル抜きでのハンター活動歴がかなり長いレーナにとって、装備不足での野営など大したことではない。

それも、大雨や強風の日とか、真冬の野営等に較べれば、テントやマントのない野営くらい、大したことはない。食事も、1日や2日くらい、栄養バランスなど気にせずに肉だけで充分である。

そのため、レーナとポーリンが石で超手抜きの簡易かまどを組み、木の枝に刺した角ウサギ《ホーンラビット》の肉を炙《あぶ》る準備をしている間に、メーヴィスが手頃な木を切って、木皿とスープ皿を作ることくらい、簡単であった。

……さすがに、短剣でカップを削り出すのは難しいため、少し深めの皿が精一杯であったが、それで何の支障もなかった。

そして、昼食抜きでぺこぺこのお腹を鎮めるため、肉に齧《かぶ》りつくレーナ達。

……そう、何の味付けもされていない、ただ焼いただけの肉に……。

まぁ、肉には肉自体の旨味があるし、焼かれ、溶けて滴《したた》る脂混じりの肉汁には、甘みとコクもある。原始人も食べていた、伝統ある味なので、何の問題もない。

そして、手作りのスープ皿で飲む、味のない白湯。

一方、『ワンダースリー』は、小さな岩塩の塊を超小型のおろし金で擦《す》ったり、乾燥させたハーブを細かく砕いたものを振りかけたりして、肉の味にアクセントを付けていた。勿論、飲み物はハーブティーである。

乾燥させたハーブの重さや体積など、無きに等しい。多少多めに持ち歩いても、どうということはなかった。

勿論、『赤き誓い』も、常に大量の調味料やハーブの類いを持ち歩いている。

……マイルの、収納魔法の中に入れて……。

寝床については、普通のハンターは別にテントを持ち歩いているわけではない。マントか防水布、ポンチョ（防寒、防風、雨具代わりにもなる貫頭衣）のようなものを持っている程度である。『ワンダースリー』も、身体の冷えやすい部分に軽く巻く程度の薄い防水布くらいしか用意していない。

……そう、普段の『赤き誓い』が異常なだけであり、野営など、雨さえ降っていなければ、草むらに横になるだけで充分なのである。別に、テントや寝具の類いが無くとも、大したことはない。

レーナも、今までそういう寝床で、何百回も……。

「……背中が痛いし、寒い……」

無意識のうちに自分の口から溢れ出た言葉に、愕然とするレーナ。

これが、ポーリンかメーヴィスの口から出たのであれば、苦笑するだけで済む。

しかし、ランクはともかく、経験年数は既にベテランの域に入っているはずの自分の口から、ポーリン達より先にその言葉が溢れ出たという事実は、レーナにとっては衝撃であった。

……堕落。

衰え。

格闘家やスポーツ選手が数カ月間自堕落な生活をすると、鈍《なま》った身体、衰えた筋肉は、なかなか元には戻らなくなる。

そして、ストイックで強靱な、ベテランハンターとしての精神も、また……。

「ヤバい……」

レーナがぶるぶると震えているのは、決して寒さのせいだけではなかった。

そしてメーヴィスとポーリンは、『マイルがいないと不便だなぁ』という思いはあったものの、大した危機感は抱いていないようであった。そのこと自体が、とんでもない危機だということを認識することなく……。

＊　＊

「今日は、接近戦の腕を見せてあげるわ！」

昨日の夕食時に炙っておいた肉を軽く炙り直したものと白湯、という簡単な朝食……『ワンダースリー』は、勿論白湯ではなくハーブティー……の後、レーナがそんなことを言い出した。

そう、『赤き誓い』には、マイル抜きでも、前衛職のメーヴィスがいる。

そしてメーヴィスだけでなく、ハンター歴の長いレーナのみならず、ポーリンもまた、杖術《じょうじゅつ》はみっちりと鍛錬している。自分の命に直結する自衛手段なのだから、当たり前である。

……しかし、マルセラ達は貴族や金持ちの子女が通うお上品な学園を卒業したばかりである。

前衛なしの、13歳の新米魔術師の少女が、３人。

魔法は、まぁ、いくら若くとも『才能』というものがある。

……それと、マイルの『実家の秘伝』。

しかし、ハンターというものは、いくら魔法の腕が優れていようが、近接戦闘の能力なしで生きていけるような世界ではない。

魔物との思わぬ遭遇だけでなく、盗賊による物陰からの襲撃、合同受注したパーティの裏切り、街道ですれ違う馬車の護衛や商人……の振りをした盗賊の、すれ違いざまの奇襲。その他、いくら探索魔法が使えても、至近距離での敵の先制攻撃を許してしまうことはある。

そのあたりを思い知らせて、『ワンダースリー』の力不足と、自分達と一緒だとマイルにそのあたりの負担を全て押し付けることになるのだということを理解させる作戦であった。

レーナ、大人気《おとなげ》ない女である。マルセラ達はまだ未成年であるが、レーナはもう16歳、立派な成人であるというのに……。

「分かりましたわ。では、私達も同じように……」

マルセラの返事に、レーナとポーリンがにっこりと微笑んだ。

ポーリンも、レーナの魂胆はお見通しのようである。

そして、皆は荷物を纏め、本日の狩りへと出発した。

＊　＊

「……まずは、向こうに先に近接戦闘をさせるわよ。魔物の一撃で大怪我をしないよう、相手はコボルトかゴブリンの群れあたりがいいわね。敏捷な敵が複数だと、いくら詠唱速度が速くても魔法だけじゃ追いつかないでしょうから、危なくなったら私達が介入して助ける、ってことで……。

相手がコボルトかゴブリンなら、攻撃を数発喰らっても大したことはないし、ポーリンとマイルがいるから、多少の怪我は問題ないしね。

それに、あの子達が怪我をしそうになれば、多分マイルが飛んで行くでしょうし……」

マルセラ達には聞こえないよう、小声でメーヴィスとポーリンにそう囁くレーナ。

そう、いくら攻撃魔法が得意であっても、森の中で、いきなり至近距離で魔物に出くわしたら。

……前衛のいない、小娘だけのパーティなど、無力である。

それを思い知らせて、お嬢様がハンター生活を続けようなどという甘い考えをさっさと諦めさせてやり、それぞれが本来いるべき世界……貴族の社交界とか、商家の嫁とか……に戻してやるのが、本当の優しさであり、心遣いというものである。レーナは、そう考えていた。


そして、何度かオークやオーガ、角ウサギ《ホーンラビット》等を狩り、ちょっと高めの値段がつく薬草や夕食用の木の実を採取していた一行は、夕方前に、ゴブリンの集団に出くわした。

「1時半、ゴブリン7～8匹、急速接近中！　おそらく、こちらに気付いての襲撃行動です！」

「「了解！」」

先頭を歩いていたモニカの報告に、驚いた様子もなく、平然とそう答えるマルセラとオリアーナ。

しかし、了解の返事をしたものの、呪文を詠唱する様子もなく、普通に歩き続けている。

「では、今回は私達の近接戦闘をお見せいたしますわ」

「「「え……」」」

あまりにも余裕の表情でそういうマルセラに、驚きの様子を隠せないレーナ達。

そう、マルセラ達は接近戦が苦手、と決めつけていたレーナ達は、接近戦とはいえ、マルセラ達は少し近付いたところで攻撃魔法を連打するだろうと思っていたのである。……それを、近接戦闘だと言い張って……。

マルセラ達が危機に陥りかけたら助けてやり、その後、自分達が本当の近接戦闘というものを見せつけてやる。

……そう考えていたのであるが、全く事前詠唱をする様子もなく、平然とした態度の『ワンダースリー』。

時間的余裕があれば、いくら無詠唱魔法を使えても、呪文は予《あらかじ》め詠唱しておいた方がいい。しかし、声に出しての通常詠唱どころか、脳内での詠唱すらしている様子がない『ワンダースリー』に少し動揺しながらも、『ワンダースリー』の戦いの邪魔にならないように少し距離を取り、いつでも助けに入れるよう、脳内で単体攻撃魔法の呪文を唱えてホールドしておくレーナとポーリン。

メーヴィスは、魔法による介入はレーナとポーリンに任せ、自分は突入しての剣による介入を行うべく、抜剣《ばっけん》して体勢を整えている。

そして数分後に、一行はゴブリンの群れと接触した。


互いに、ほぼ同数。

しかし、ゴブリン達にとって、『人間の、雌の子供』というのは、絶好の獲物なのであろう。

戦闘能力など皆無の、ただの柔らかくて旨い餌。……そして、食欲を満たす前に、別の欲望も満たしてくれるという、美味しい獲物。見逃すはずがなかった。

連携どころか、碌に陣形を整えることもなく、走ってきた順にいきなり襲い掛かってきたゴブリン達。

おそらく、見た目と『木の棒しか持っていない』ということから、人間達には反撃する能力などないと判断したのであろう。

ただの村の子供達を襲ったことのあるゴブリンは生き延び、襲ったのが女性ハンターであったゴブリンはその場で死ぬことから、そう考えるゴブリンが多くとも、仕方ない。

そして、魔法を使う様子がないマルセラ達を見たレーナもまた、同様の判断をした。……魔物を至近距離で見て、遠隔攻撃でしか戦ったことのないマルセラ達が恐怖に凍り付いて動けないのであろう、と。

そう思ったレーナが、ホールドしていた攻撃魔法を放とうとした時……。

「待って下さい！」

マイルが、その肩を掴んで制止した。

そう、マルセラは自分の力を過信するようなタイプではない。

そして、自分の身を危険に晒すことはあっても、仲間の身を危険に晒すことができるような者ではなかった。

……ならば、必ず勝算があるはず。

万一の時には、自分がバリアで皆とゴブリンを分断し、本気の治癒魔法を使えば、何とかなる。

そう考えて、マルセラ達を、自分の初めての友達を信じる、マイル。

「「「…………」」」

マイルに肩を掴まれたレーナも、それを目にしたポーリンとメーヴィスも、それぞれ魔法を放とうとした姿勢と駆け出そうとした姿勢のまま固まっていた。

そして、マルセラ達は……。


ごつ！

ばしぃっ！

どすっ！

ごき！

がしぃ！

ぐちゃ！

ゴブリン達を杖《スタッフ》で殴りまくり、突き刺しまくっていた。

そして……。

すらり！

びしゅっ！

ばしゅっ！

どすっ！

抜き放ったお揃いの短剣で、怯《ひる》み動きが止まったゴブリン達を斬り裂き、突き刺した。

「「「え……」」」

あまりにも無敵。

あまりにも圧倒的な、殲滅戦。

マイルも加えた、『赤き誓い』一同、呆然であった……。

＊　　＊

「え？　オリアーナさんは田舎の農家の出ですから、幼い頃から家のお手伝いをされていましたので、見掛けに寄らず力がおありですのよ？」

「はい、4～5歳の頃から雑草抜きとか簡単な仕事を手伝い始めまして、すぐに薪運びとか水汲みとか、力仕事もやらされましたから、学園に入学する頃には、街育ちの同年代の男子には負けないくらいの荷運び能力は……」

マルセラの言葉に、そう言って頷くオリアーナ。

「そしてモニカさんは……」

「はい、勿論、大店《おおだな》でもない中小の商家の娘なんか、ただの『無賃金使用人』ですからね。腰が曲がりそうになるほど運ばされましたよ、穀物袋とか、穀物袋とか、穀物袋とか……。

それで、街育ちのひ弱なお坊ちゃん方に腕力や体力で引けを取るとでも？」

そう言って、遠い眼をするモニカ。

「そして私は、オリアーナさんやモニカさんほどではありませんが、一応、貴族家の淑女の嗜《たしな》みとしまして、一通りの護身術の訓練くらいは……」

「………………」

どうしてお坊ちゃんお嬢ちゃん学校を出たばかりなのにそんなに戦えるのか、と詰め寄ったレーナは、返された言葉に、黙り込んだ。

「……でも、いくら家業の手伝いで身体を鍛えていたとはいえ、あんた以外のふたりは、技術的なことは……」

「いいえ、学園では、近接戦闘も教わりますわよ？　魔法が使えない者にも、『将来、魔術師を部下や従業員として使ったり、敵として戦ったりするかもしれないから』と言って魔法の授業に出席させるという方針のエクランド学園ですから、『将来、戦闘職に就くつもりがない者や女子も、護身のために戦闘訓練を受けていた方がいいから』と言って剣術の授業に参加させるに決まっていますわよ。

さすがに成人男性が使うような歩兵剣《ショートソード》を長時間振り回すのは体格的にも体力的にも無理がありますけれど、杖術や、短剣を短時間振り回す程度でしたら……」

「「「なるほど……」」」

その手の学園には通ったことのないレーナ達は、そう言われれば、納得するしかなかった。

それが、エクランド学園だけの方針なのか、貴族や金持ちの子女が通う『学園』というもの全ての方針なのかは分からないが……。

「あ、でも、そこに通っていたマイルちゃんは、全然技術が……」

「「「個人差です！」」」

「「「なるほど……」」」

ポーリンの質問に、声を揃えて返事した『ワンダースリー』の3人と、それに納得した『赤き誓い』の3人。

それは厳然たる事実なので、顔を赤くして、黙って俯くマイルであった……。

そう、腕力と速度があまりにもあり過ぎて、細かい技術をうまく修得することができなかったのである。

言うならば、パワーショベルの先端部に括り付けたスプーンでカレーを食べる練習をするようなもの、とでも言うべきか……。

「そして、『本当の』魔法の訓練は、週に1日の休養日の、しかも護衛依頼が入っていない日にしかできませんから、その他の平日には、先生方や武術教官、他の生徒達にも見られても問題のない訓練、つまり近接戦闘の練習しかできませんでしたの。

卒業後のために、死ぬ程練習しましたのよ？　それはそれはそれはそれはそれはそれはそれは、辛い訓練を……」

少し遠い眼をしてそう言うマルセラと、こくこくと頷くモニカ、オリアーナ。

「3人揃って優等賞を戴きましたのは、決して座学と魔法の成績だけのおかげではありませんのよ。ただ才能があるだけとか、勉強ができるだけ、魔法や武術が強いだけで戴けるようなものではありませんのよ、エクランド学園の優等賞というものは……。

いえ、別に自慢するわけではありませんが……」

「それが自慢じゃなければ、『自慢』という概念はこの世に存在しないわよっっ!!」

『赤き誓い』の中では承認欲求がやや強いレーナは、マルセラの言葉にちょっとカチンと来たようであった。

「…………」

レーナは、行き詰まってしまった。

この後、自分達がゴブリンと、いや、オークやオーガを相手に接近戦をやったところで、先程の『ワンダースリー』を上回る活躍を見せられるわけではない。

メーヴィス以外は、杖術でオークやオーガを簡単に倒せるわけではない。とどめには魔法を使うか、メーヴィスを頼るしかないであろう。

……そして、自分とメーヴィスはともかく、おそらく魔法抜きでのポーリンの戦闘能力は、『ワンダースリー』より大幅に劣る。

それでは、『接近戦の能力が皆無であるため、奇襲を受けて詠唱の時間がない時は無力。接近戦はマイルひとりにおんぶに抱っこ、ということになり、マイルのお荷物』という指摘をすることができない。

「……え？」

そして、自分の方を見るレーナの視線に気付いて、思わず声を漏らしたポーリン。

ポーリンは、馬鹿ではない。それどころか、『赤き誓い』の中では、冴えている時のマイルを除いて、おそらく一番頭が良い。そのポーリンが、レーナの視線の意味を理解できないはずがなかった。

「……」

以前、あんた運動神経が千切れてるんじゃないの、とレーナに揶揄《やゆ》されたことのあるポーリンであるが、あれはただの冗談だと分かっていた。しかし今回、レーナは慌てて眼を逸らせた。

「…………」

いくら後衛の支援職だといっても、自分の身を護ったり、いざという時に前衛の背中を護るくらいの近接戦闘能力は、あって然《しか》るべき。

事実、卒業検定の時の相手であった、『ミスリルの咆哮』の女性魔術師、オルガも、『女神のしもべ』の弓士タシア、魔術師のラセリナとリートリアも、全員がかなりの近接戦闘をこなしていた。それも、ラセリナとリートリアはポーリンより年下であり、リートリアに至っては、まだスキップ制度でハンターになったばかりの、Dランクである。

ポーリンは、申し訳なさそうな、そして悔しそうな顔で、俯いていた……。

結局、あの後は、『赤き誓い』が近接戦闘の腕を見せることなく、普通に狩りをして終わった。

適当なゴブリンやコボルトの群れに出遭わなかったし、オークやオーガの群れは、魔法で戦うならばともかく、得物が杖《スタッフ》であるレーナとポーリンには、近接戦闘だけで相手するには荷が重すぎる。そしてメーヴィスを除き、『ワンダースリー』以上の腕前を見せられるとも思えなかったため、無理に近接戦闘に拘るのはやめたのである。

獲物の輸送については、マイル抜き、というルールの『適用除外』として、全てマイルの収納に収めることとなった。せっかくの獲物を持ち帰らないなどということは、倒された獲物に対して申し訳ないし、狩猟の神とポーリンが許すはずもなかった。

そして夕食時、普通に振る舞ってはいるものの、何となく様子がおかしい『赤き誓い』の3人。

明日は、朝食を摂った後、そのまま帰路に就く予定である。そして昼過ぎに王都に着く。

来る時より時間がかかるのは、勿論、獲物代わりの重し《ウェイト》として、マイル以外の6人が砂袋を担《かつ》ぐからである。

「「「…………」」」

そこは、統裁官《マイル》の指示による適用除外とはならなかったので……。

『赤き誓い』と『ワンダースリー』は、それぞれ自分達が用意したものを食べているが、場所は同じであり、一緒に焚き火を囲んで座っている。

別に敵対しているわけではないので、離れて別々に、というわけではない。もしそんなことをされたら、マイルがどちらにつけばいいのか分からなくなってしまい、両者の真ん中で、ひとりポツンと立ち尽くしてしまうであろうことは容易に推察できたので、両パーティとも、そんなことはしない。

それでも、両パーティは、それぞれマイルとは親しいものの、その他は互いに以前一度会っただけであり、それも、マイルが『ワンダースリー』とゆっくり話せるよう、レーナ達は黙って見守っていただけである。……つまり、初対面と大して変わらない。

共通の話題も、ハンターとしての活動内容以外にはあまりなく、そしてハンターとしての話は、今、その勝負をしている関係上、話題にしづらかった。

……ということは、両者に無難な話題を振って会話を盛り上げるのは、両者の共通の友人であるマイルの役目ということになるのであるが……。

（……無理！　無理無理無理無理無理無理いいぃ～～!!）

そんな超高度なリア充テクニックを、マイルが使えるわけがなかった。あまりにも、難易度が高すぎる……。

なのでマイルは、『ワンダースリー』と喋り、『赤き誓い』と喋り、『ワンダースリー』と喋り、『赤き誓い』と喋る、という、大忙しで、地獄のような状態に……。

（ひぃいいいいいぃ～～!!）

普通であれば、マルセラ達もレーナ達も、そのあたりはきちんと配慮できる者達のはずであった。

しかし、場合が場合なためか、どちらも、威嚇《いかく》というか牽制というか、相手の出方を窺う、というような態度であり、とても腹を割って仲良く談笑、という雰囲気ではなかった。

おまけに、まだ『今回の合同受注』は終わっていないため、マイルはハンターとしての仕事や戦い方、魔法関連のアドバイスをすることは禁止されたままである。これでは、マイルが接待役《ホステス》を務めることは不可能である。そういう制限がなくても難しいというのに……。

そういうわけで、しばらくはぎくしゃくとしていたが、一応はどちらも『マイル（アデル）の友人』という立場であり、そして更に、同じ若い女性だけの新米パーティ（『赤き誓い』は、最近『新米』を返上したが）同士であり、そのうち互いに言葉を交わすようになり始め、ほっとするマイルであった……。

＊　　＊

翌朝の食事は簡単に済ませて、そのまますぐに帰投。

マイル以外の６人は大荷物（獲物の肉を模擬した砂袋）を担いで帰るので、腹一杯食べたりはしていない。

そして……。

「……重いですわ……」

「…………」

ただの砂袋だというのに、貧乏性のせいか限界ぎりぎりまで担いだマルセラと、それを見て同量の砂袋を担いだレーナが、苦悶の顔でよろよろと歩いていた。

「ピー！　レーナさんとマルセラさん、ピー!!

そんなにふらふらになってたら、魔物や盗賊の奇襲を受けたら碌に戦えずにやられちゃいますよ！　それに、そんなに無理をしたら、明日一日、下手をすると更に数日間、仕事ができずに筋肉痛で寝込むことになっちゃいますよ。それって、却って大損です！」

さすがに、口を挟まずにはいられなかったマイル。おそらく、双方に共通する指摘だから贔屓《ひいき》にはなるまい、とでも考えたのであろう。

「「あ……」」

自分達の失策を理解したのか、バツの悪そうな顔で背負った砂袋の数を減らす、レーナとマルセラ。そしてその砂袋を収納するマイル。

砂袋といっても、袋を用意したり、砂があるところへ行って詰め、縫い合わせるという手間がかかっているのであるから、捨てたりはしない。また、いつか役に立つこともあるであろう……。


そして、ようやくのことで宿に戻った一行。

「……疲れましたわ……」

「そうですねぇ……」

「歩くのはともかく、いつもはこんなに重いものを運んだりはしませんからね……」

マルセラ達の前では、意地でもそんな弱音は吐かない、という態度のレーナ達とは違い、平気でそんな言葉を呟くマルセラと、それに同意するモニカとオリアーナ。

そう、『ワンダースリー』は、練習のため他パーティと合同でオーク狩りとかをする場合を除いて、あまり重いものを運ぶような依頼は受けないのである。専《もっぱ》ら、護衛依頼、高価な薬草や稀少素材の採取、売り物になるような素材はあまり取れない魔物の討伐依頼等、帰りの荷物があまり増えないもの主体である。

持ち帰る量で勝負、などという依頼は、何か理由がない限り、最初から対象外なのであった。

そして、『自分達は、そういうスタイルのパーティである』と割り切っているため、専門外の部分で『多少の、努力だけではどうしようもない弱点』があろうと、あまり気にしなかった。

そんな依頼は受けず、自分達が得意な依頼だけを受ければよいのだから、それで問題ない。

そもそも、学園での1年8カ月に亘るハンター生活の大半は『特定の仕事《しょうじょのごえい》』だけを受けていたのである。偏った受注など、今更であった。


『赤き誓い』は、自分達こそがマイルのパーティ仲間としてふさわしい、ということを示そうと、躍起《やっき》になっていた。

しかし、『ワンダースリー』は、マイル（アデル）が仲間《ともだち》を選別することも、ましてやそれに『強さによる優劣』などを考慮することなどあり得ない、と考えて……、いや、『知って』いたため、そんなことは全く気にしていなかった。

マルセラは、レーナからの常時依頼共同受注の提案に対して、『とりあえず、互いの実力を見ないことには、話ができませんからね』と答え、それを受けた。

しかしそれは、決して『どちらが強いかで優劣を決め、それによってマイルが加入するパーティを決定する』などという考えではなかったのである。

レーナ達が、『ワンダースリー』の強さを知りたいと主張しているため、一応、それに乗ってやっただけである。

マルセラ達は、自分達が『赤き誓い』より優れているなどとは考えてもいなかった。

特化型の歪《いびつ》な職種《ジョブ》構成であり、学生が学業の片手間で休養日に護衛依頼をこなしていただけ。

……そして、実際に襲われたことなど、殆どない。

その、ほんの数回の『襲われた』というのも、たまたまチンピラや馬鹿な低ランクハンターがちょっかいを出してきただけであり、暗殺者や盗賊、貴族の私兵とかが襲ってきたわけではない。なので、対人戦闘の経験も殆どない。

……まぁ、『ちょっと特殊な魔法』とかで、かなり善戦できるであろうとは思われるが……。

宿に着いたのは昼2の鐘《午後3時》の頃であったため、このまま昼食は摂らず、夕食をがっつり食べることにしたみんなは、『ワンダースリー』の部屋に集まり、それぞれベッドに腰掛けて、今回の反省会……ではなく、合同受注についての話を始めた。

もう仕事は終わっているので、マイルの『口出し制限』は解除済みである。

そして、まずはマルセラから……。

「やはり、ハンターとしては『赤き誓い』の皆さんの方が私達よりずっとお強いですわね。まぁ、経験の差や、元々の才能から考えれば、当たり前のことですけど……」

「「「え？」」」

てっきり、『自分達の方が優れている』と言い出すものと思っていたレーナ達は、意外そうな顔をした。

『どちらが強いか』という話であれば、勿論、自分達の方だと自信を持って言える。しかし、『ハンターとしての能力』と言われると、この3日間、『赤き誓い』は醜態を晒しすぎた。マルセラ達がそこを突いて、『ワンダースリー』の方が優秀だと主張するだろうと予想しており、それに対しては反論できない、と思っていたのである。

しかし、マルセラはそうはしなかった。そして、自分達の負けを認めるとは……。

（マイルを諦めたのかしら……）

レーナがそう考えるのも無理はなかった。

しかし……。

「皆さんは、優れた能力でAランクを目指し、そして大金を稼がれるのですわね？」

「……え、ええ……」

そのあたりのことは、雑談の時に『私達の目標』として話している。

「なので……」

「なので？」

「皆さんはAランクハンターになることとお金を稼ぐことに邁進《まいしん》され、そういうことを望んではおられず、地味に目立たず普通の幸せを求めているアデルさんは、私達と一緒にCランクハンターとして、のんびりまったり、面白いこと、楽しいことをやりながら世界を廻れば良いのですわ。しばらくの間……、そう、10年くらい。

そうすれば、私達は23歳。そこでBランクになって帰国すれば、修行していたという面目も立ちますし、その頃には王子殿下達ふたりはとっくに正妃を娶《めと》っておられるでしょうから、アデルさんも安泰ですわ。

さすがに、正妃ならばともかく、アデルさんを無理矢理側妃や愛人にすることはできないでしょうから、そちらの心配もありませんし。

私も、その年齢ならば、もうしつこく付きまとわれることもないでしょうし……。

あとは、アデルさんの領地で、それぞれ良い殿方を捕まえて、４人仲良く家族ぐるみで……。

さ、仲良しのクラスメイト４人で、楽しく華麗な冒険の旅に出発ですわよ！」

……きらきら……。

マイルの瞳が輝いていた。

（（やられたあああぁ〜〜!!））

そして、愕然として眼を見開く、レーナ達であった……。

第九十八章　マイルの決断

「……はっ！」

　思わず立ち上がり、マルセラ達の方へと歩み寄りかけた自分の足を、焦ったような顔で止めたマイル。

「ああっ、惜しいですわ！　もうひと息でしたのに……」

　そして、残念そうな顔の、マルセラ。

「ならば、もうひと押しですわ！　アデルさん、私達は後衛の魔術師ばかりですから、もうひとり、前衛職のメンバーを追加してはどうかと考えていますのよ。猫獣人の少女なんか、どうかと思いますの……」

　さすがマルセラ、マイルの弱点を熟知していた。

「おおおおおお!!」

　そしてマイルは、ふらり、と再びマルセラ達の方へ……、歩み寄ることはなかった。

　マルセラ達が、本当にそんなことをするはずがない。

互いに強い信頼で結ばれた、クラスメイトとして、そして親友としての絆。それを、マイルを釣るというだけの理由で、わざわざ『猫獣人』などという特殊な条件を付けて、見知らぬ者を加入させたりするはずがなかった。

マルセラが冗談で言っただけなのか。それとも、適当なことを言ってマイルをその気にさせようと考えただけなのか。……どちらにせよ、マルセラらしからぬ言葉に、却って正気に戻ってしまったマイル。マルセラ、痛恨のミスであった……。

なまじマイルのことを知っているからこそ、ちょっと調子に乗りすぎてしまったようである。

「……いえ、先日も言いましたよね？　元々ハンターを目指していたレーナさん達とは違い、マルセラさん達は、私のことがなければハンターになんかなるつもりは全くありませんでしたよね？　ハンターは、危険なお仕事です。簡単そうな依頼で命を落としたり、雇い主に裏切られたり……。安全で幸せな道があり、本来はそれを歩むはずだったお友達が、私のために危険な道に進んで、もしそれで何かあったら、私がそれに耐えられるとでも思っているのですか！」

いつにない厳しい表情で、真剣にそう問うマイル。さすがに、マルセラ達もこれは軽く流すわけにはいかなかった。

「……そ、それは……、私達も、自分の意志でハンターになることを決めたのですから、『赤き誓い』の皆さんと同じですわよ！　別に、アデルさんに強制されたわけではありませんわ！

それに、数年後にはちゃんと国元に戻り、みんなそれぞれいい嫁入り先を見つけますわよ。

５年後で18歳、10年後でもまだ23歳ですから、それまでにお金を貯めて、Ｂランクになって、しかも何年も諦めず頑張って王女殿下の御命令を完遂しアデルさんを連れ帰ったとなれば、評価も高く、お相手には困らない……と思いますわ……」

最後の方では、何だか少し弱気になった様子のマルセラ。

あまりずうずうしくはないようであるが、実際、マルセラ達であれば、23歳くらいならばまだ相手に困ることはないであろうと思われた。

「……え？」

そして、マルセラの言葉に、怪訝そうな顔をするマイル。

「……王女殿下の御命令を完遂？　私を連れ帰る？」

「「「あ……」」」

「……」

しまった、というような顔の、マルセラ達。

「「「…………」」」

「…………」

「「「…………」」」

「…………」

「「「…………」」」

最初、マルセラ達がただ自分と会うために国を飛び出してきたと思ったマイルは、マルセラ達から、勝手に国を飛び出して帰れなくなることを防ぐためにちゃんと合法的に旅に出た、と聞いて安心していたのである。『王女殿下から、アスカム女子爵の無事を確かめるよう命じられた』と聞いて……。

3人共、自分と違って家族がいるし、親の立場も、本人の将来もある。なので、ちゃんとそのあたりの問題なく出国したと聞いて、さすがマルセラさんとオリアーナさん、と感心していたのである。

……モニカは商人の娘としては頭が回る方であるが、この手のことにはあまり役立っていないであろうと判断していた。

そして、それならばこのまま帰国させても問題ない、と思い、安心していたのであるが……。

それが、何やらきな臭いニオイが……。

「……連れ帰る？　王女殿下の御命令？」

（（ヤバい!!））

焦る、マルセラ達。

マイルの顔から、表情が抜け落ちているのである。

そしてマルセラ達が、その意味を知らないはずがない。

そう、マイル、お怒りモードの発動であった。……しかも、いきなり第2段階である。

「どういうことですか?」

「……言っていませんでしたっけ?」

たらり、とコメカミのあたりから汗を流しながらマルセラが微笑み……。

「聞いていませんねぇ……」

「あ、あら、そうでしたかしら……」

「聞いぃぃいて、いませんよねぇぇぇぇ……」

「「ぎゃあああああ〜〜!!」」

……そして、しばらく後……。

「もう、全部話しましたわよ〜〜……」

泣きが入った、マルセラ。

そして、マイルは……。

「……そうですか、私を連れ帰る、ということで……」

少々、お冠《かんむり》。

「そして、私を王族の手に……」

「ちっ、違いますわよ！　そのための、数年間の自由な旅、ですわよ！　王族は政治的な問題で早くに婚約しますから、既にかなり遅い年齢である王太子殿下はそろそろ、そして第二王子殿下も数年後にはお相手を決めなければならないでしょうから、それが決まれば安泰ですわよ。

正妃の御指名はさすがに断れませんでしょうけど、側妃や愛人になることを強制することはできないでしょうからね。

いいえ、普通であれば両親や親族達が絶対断らせないでしょうけど、アデルさんは『普通ではない』ですから……」

「なっ、何ですか、それはっっ！」

マルセラの『普通ではない』発言に抗議の声を上げるマイルであるが……。

「い、いいえ、アデルさんは御両親がおられませんし、御自身が本家の家長ですから、誰かに意に染まぬことを強要されることはありませんから……」

「あ、そういう意味でしたか……」

慌てて言い訳をするマルセラの言葉に、納得した様子のマイル。

（あ、危なかったですわ……）

何とか、マイルの怒りが次の段階へ進むことを防げたらしく、ひと安心のマルセラ。

「……で、王子殿下達の正妃の話が、私に何の関係が？」

「「「「「え…………」」」」」


今まで、いったい何を聞いていたのか。

マイルのあまりの察しの悪さに、愕然とする『ワンダースリー』と『赤き誓い』の6人。

どうやらマイルは、自分が王子殿下達の正妃候補であることなど、考えてもいないようであった。

王族や貴族達が自分を狙うのは、ただ単に自分の能力や、『女神様とのコネ』が目的であり、囲い込まれたり、『保護』という名の軟禁生活とかを想像していたらしい。

しかしそれを言うならば、マルセラ自身も、『自分は、側妃ですらなく、愛人要員として眼を付けられている』と思い込んでいるのだから、同類である。

まぁ、マイルは何の後ろ盾もない弱小子爵であるし、マルセラは貧乏男爵家の三女である。普通であればとても王族に嫁入りできるような身分ではないので、その考えは間違ってはいないのであるが。


……そう、『普通であれば』……。


（チャンス！）

マイルの鈍感さに皆が唖然としている時、レーナはこの絶好のチャンスを見逃さなかった。

そう、マイルがマルセラ達に不信感を抱き、先程までの流れが止まった、このチャンスに懸ける！

「マイル、私達の誓いを忘れちゃいないわよね？　私達の友情は不滅だと、みんなで誓ったあの言葉を！」

会心の一撃！

そう考え、むふー、と鼻息も荒いレーナ。

しかし、マイルがそれに答える前に、マルセラが反撃した。

「え？　昨夜お聞きしたお話では、その誓いとやらは『たとえこの先、進む道行きが分かれようとも』とかいうことではありませんでした？　つまり、別離は織り込み済みであり、そうなっても全く問題はない、ということでしょう？」

「「「あ……」」」

レーナ達、痛恨の一撃!!

確かに、そう解釈できる。

ぐぬぬ、と唸るレーナであるが、上手《うま》い返しが思い付かない。

すると、横からポーリンが……。

「それは、あなた達にも言えるのではありませんか？　共に過ごした楽しい学園生活が終わり、それぞれが進むべき道へと分かれたならば、いつまでも続く友情を胸に、御自分の道を歩まれるべきなのでは？

それを、自分の進むべき道を捨てて、別れた友人を追いかけて縋り付くとか、自分の新たな道を新たな仲間達と共に歩んでいる者にとっては、迷惑なだけなのでは？」

「「「ぐはぁ！」」」

マルセラ達、痛恨の一撃！

互いに血を吐きながら続ける、殴り合いのマラソン。

それは、不毛なまま、どんどん精神を磨《す》り減らす戦いであった……。

そして遂に、マイルが仲裁に入った。

「お願い、私のために争わないで！」

「「「「「それはもう、ええっちゅーねん!!」」」」」

マイルがこういう時によく使う、どこかの地方の訛《なま》りが入った突っ込みを返す6人。

……結構、気が合うようであった……。


「……とにかく、決めるのは私達ではなく、アデルさん御自身ですわ。さぁ、アデルさん、はっきりとおっしゃってくださいな、どちらと行動を共にするかを！」

遂にマルセラが、最後通牒《つうちょう》というか、マイルに決断を促した。おそらく、マイルが自分達を選ぶという、絶対の自信があるのであろう。

そして……。

「ごめんなさい……」

マルセラ達に向かって、辛そうな顔でそう言って頭を下げるマイル。

「「「………」」」

そして流れる、静寂の時間。

こういう時の時間は、長い。

ほんの十数秒が、途轍《とてつ》もなく長く感じられる。

そんな時間が過ぎて……。

「やはり、そうですか……」

「「「え？」」」

マルセラの思いがけぬ言葉に、驚くマイルとレーナ達。

「いえ、分かってはおりました。アデルさんは、私達と一緒に行けない理由は何度も話されましたけれど、『赤き誓い』の皆さんと一緒にいられないという理由は一度も話されていませんでしたし。

それに、御自分の望みではなく、私達のことを第一に考えれば、それ以外の選択をされるようなアデルさんではありませんわよね」

にっこりと微笑んで、そう話すマルセラ。

「分かりますわよ、それくらい。アデルさんがそういう方ですから、私達はアデルさんとお友達になったのですから。

御自分のことより、他者のことを優先する。パンがひとつしかなければ、自分は先に食べたと嘘を吐いて、全て他者に与える。そんな、馬鹿なお人好しのアデルさんですから、私達は、わ、わだじだぢは……」

ぐしゅ、ぐしゅ、と鼻をすすり始め、そして遂に泣きだしてしまったマルセラ。そして、モニカとオリアーナも一緒に……。

「「「うわあああああぁ～～!!」」」

そして、泣き出したマイルがマルセラ達と抱き合い、みんなで一緒に泣きじゃくる。

「「「………」」」

そしてレーナは、勝ち誇ることもできず、居心地の悪そうな顔をしていたが、メーヴィスに袖を引かれ、ポーリンと共にそっと部屋から出ていったのであった……。

夕食のため食堂に現れたマイルと『ワンダースリー』の面々は、あの後も泣き続けたのか、皆、眼を腫らしていた。

しかしそれでも、食事はがっつりと食べるのであった……。

そしてその夜、レーナ達からの申し出で、マイルは『ワンダースリー』の部屋へ貸し出された。

3人で借りた部屋ではあるが、『ワンダースリー』の部屋にもベッドは4つあったので、せめて

この街での滞在期間中はマイルと同室にしてやろうという、レーナ達の心遣いであった……。

＊　＊

「……では、始めます！」

こくり
マイルの言葉に頷く、『ワンダースリー』の面々。

ここは、王都近くの森の中である。

王都に一番近いためハンター達が乱獲し過ぎて、獲物となる動物も魔物も、そして薬草や山菜類でさえ碌になく、今では殆ど人が立ち入ることのない、不人気な狩り場。

マイルと『ワンダースリー』の面々が、ここで何をしているかというと……。

「まずは、身を護るための障壁魔法です。仔牛が突っ込んできたくらいの力でも防げる程度の障壁魔法、『仔牛力《こうしりょく》バリア』です！」

こくこく

そう、マイルがマルセラ達と別れた後に開発した魔法のうち、マルセラ達の命を護るために役立ちそうなものをいくつか伝授するつもりなのである。

……勿論、今度はしっかりと秘匿に関する念押しをして……。

まず最初に、バリア。

それに続いて、様々な便利魔法を。

攻撃魔法は、自分達で研鑽したもので頑張ってもらう。マルセラ達には、攻撃魔法でブイブイ言わせてもらうつもりはない。

なので、学園の時と同じく、支援魔法を中心に教えるマイルであるが、マルセラ達が既に独力で探索魔法を開発していたのには驚かされた。

我流の、効率があまり良くないやり方だったため、マイルの最新式のやり方であるアクティブ・ソナー方式と、そのひとつ前のやり方であるＰＰＩスコープ（Plan Position Indicator scope）方式のものを教えたのであるが、それでもマイルのような現代地球の知識なしで独力でそれに似た発想に至ったというのは、驚嘆すべき才能であった。

なお、ＰＰＩ方式も教えたのは、特定方位を重点的に探索する時には、ＰＰＩ方式でスキャン方位を指定する『セクタースキャン』の方が便利だからである。そう、用途によって使い分けるのが、プロというものなのである。

そして……。

「では、最後に、アイテムボックスの魔法を伝授します。

これは、収納魔法に似ていますが、原理は全く異なる魔法です。なので、収納魔法とは違い、教えられれば簡単に使える者もいれば、いくら努力しても全く駄目な者もいます。

また、他者にその存在が知られると大変なことになりますから、その存在は絶対秘密、他の人達には普通の収納魔法だと思わせてください」

マイルの言葉に、真剣な表情で頷くマルセラ達。

マイルには、マルセラ達が荷物運びに苦労し、薄汚い格好を甘受するのを看過することはできなかった。なので、一緒に旅をすることができないことへのせめてもの罪滅ぼしとして、アイテムボックスの魔法を伝授することを決心したのであった。

マルセラ達ならば、決して自分を裏切ることはない。

そして、もし裏切られたとしても、アイテムボックスの魔法を伝授したことを後悔することはない。

今の自分が、現時点における全てのことを考慮に入れて選択したことなのであるから、それがどのような結果となろうとも、決して後悔することはない。

それに、万一の場合はナノマシン達が拒否するよう上位権限で指示しておけば、大惨事を招くこともあるまい。そう考えての決断であった。

「では、使い方を説明します……」

アイテムボックスは、ナノマシンがマイルの思念による具体的な指示で物品を出し入れするものであり、『ナノマシンにより現象が引き起こされる』という点では確かに魔法の一種と言えるかもしれないが、厳密には、普通の魔法とは少し異なるものである。

なので、ナノマシンに直接意思疎通できる『権限レベル3』以上であり、かつ、時空連続体が圧壊して時間の概念すら潰れてしまった異次元空間を収納庫として使う、ということを理解していなければならない。

なのに、なぜマイルはそれをマルセラ達に伝授することができるのか……。

そう、勿論、『事前の根回し』をしてあるからである。

例によって、マイルにくっついているマイル専属ナノマシンを介して募集をかけたのである。

『マルセラさん達の専属として付いてくれる、3人の思念波との同調適性が高いナノマシンさん募集。任期は3人の生存期間。

任務内容は、3人がアイテムボックスを使う意志を示した時に、その思念に従い物品の出し入れを行うこと。また、中身を確認しようとした時には、収納リストを見やすく纏めた形で情報を網膜に投射すること』

そして勿論、希望者殺到。

マイルは『お願い』、『募集』という形のつもりであったが、ナノマシン達にとっては、それは退屈を紛《まぎ》らす絶好の娯楽を与えられ、特定の人間の人生を共に経験するというとんでもない贅沢、あり得ないような楽しみを許可されたということである。膨大な数のナノマシンが殺到するのも当然であった。

そして、それだけの数のナノマシンが応募すれば、３人それぞれの思念波との同調適性、同調効率が非常に高い個体もたくさんおり、それらを選んで、かなりの数の『専属ナノマシン』が選ばれたのであった。

マルセラ達には、既に『魔法の真髄』として、ナノマシンのことは『魔法を司《つかさど》る精霊』ということにして、魔法の原理をこの世界の者にも理解できるよう色々と言い換えて説明してある。

なので、アイテムボックスについても同様に、『結果的には、ナノマシンに適切な思念を伝えられる』というように、色々と言い換えて説明するわけである。

ナノマシンには、マイルから直接、『マルセラ達がアイテムボックスを使うべく思念した場合、どういう対処をするか』ということを、詳しく、具体的に指示してある。

つまり、マイルの命令によりガイドラインが定めてあるため、マルセラ達の思念が多少不確かであっても問題なく機能する、というわけである。

マイルの、ナノマシンに対する事前指示。

マルセラ達の思念波との同調効率が非常に高い、選ばれたナノマシン達が大量に、常に随伴。

マイルから教えられた、魔法の真髄とアイテムボックスに関する詳細説明。

これらがあって、初めてマルセラ達にアイテムボックスの使用が可能となるのである。

なので、もし万一アイテムボックスの存在が露見したとしても、他者が使えるようになるとは思えない。これはあくまでも、『ワンダースリー』の3人限定のものであった。

そして、収納魔法はあくまでも個人の思念波により亜空間を創り出すものであるから、ひとりひとり別個の、小さな専用空間を創り出す魔法である。しかしアイテムボックスは、異次元世界へのゲートを開き、そこに物を出し入れするというものである。なので……。

（あまり面倒をかけるのは申し訳ないから、マルセラさん達のアイテムボックスは、それぞれ別々に3つの異次元世界を用意しなくても、3人共同のをひとつ用意するだけでいいからね）

マイルは、時空連続体が圧壊して時間の概念がなくなった異次元世界、などというものが、そう都合良くゴロゴロあるとは思っていなかった。なので、そういう世界を必死で探し、3つも用意するのは大変だろうと思ったのである。実際には、結構たくさんあるのであるが……。

そしてナノマシンは、当然のことながら、マイルの指示に従った。


その後、マルセラ達は簡単にアイテムボックスの魔法を会得し、これによって充分な数の着替えや石鹸《せっけん》、タオル、それどころか洗濯桶や浴槽さえ持ち運ぶことが可能となり、水やお湯は魔法で簡単に用意できる3人は、常に清潔さと綺麗な外見を保つことができるようになったのであった。

＊　＊

一週間後。

マイルと共に楽しい日々を過ごした『ワンダースリー』は、ブランデル王国へ戻ることとなった。

マイルと一緒に旅に出る、という前提であったから、危険なハンター生活も苦にならなかったのである。それが、マイルがいないのであれば、そんな生活をする意味がなかった。

国に戻らない理由は、マイルの立場を考えてのことであるから、その理由がなくなったのであれば、目的を失った危険な旅を続ける理由はなかった。

あの日、そう告げたマルセラ達に、レーナは自分達が一週間の休暇を取ること、そしてその間はみんなバラバラに、自由に行動することにした、と答えたのであった。

そう、マイルを、一週間フリーにしてくれたのであった。

そして、魔法の伝授や訓練を含めた楽しい一週間が終わり、マルセラ達は帰国の途に就いた。

生きていれば。

互いに壮健であれば、また、会える。

そう言って笑顔で去ってゆく『ワンダースリー』を、涙を堪《こら》えて見送るマイル。

そう、住んでいるのは隣国なのである。会おうと思えば、いつでも会える。

……特に、マイルの移動速度であれば。

そう思えば、何とか泣き出さずに堪えることができた、マイルであった……。

＊　　＊

「……良かったのですか、マルセラ様……」

3人の中でも一番マイルに執着していたマルセラに、そう声を掛けるモニカ。

そして、それまで口数が少なかったマルセラは……。

「良くはありませんわよ。……でも、仕方ないでしょう……」

「「…………」」

仕方ない。確かにその通りなので、何も言えないモニカとオリアーナ。

「……それに、数年の辛抱ですからね」

「え？」

マルセラの言葉に驚きの声を上げるモニカであるが、オリアーナの方は、そう驚いた顔はしていない。どうやら、マルセラが考えていることを読んでいるらしかった。

「あの4人が、いつまでもCランクで燻《くすぶ》っているはずがないでしょう。最低年数が経過すれば、すぐに昇級しますわよ。

そして、Aランクになれば目的が達成されて、メーヴィスさんは騎士に、そしてポーリンさんはその頃には充分貯まっているであろう資金を使って商会の設立。つまり、『赤き誓い』は解散するということですわ。

レーナさんも、Aランクになるという目標は達成できるわけですから、夢を叶えようとするおふたりの邪魔はされないでしょう。

そうなると当然、アデルさんは居場所がなくなりますわ。普通の仕事を、普通にこなすことなどできそうにない、アデルさんの居場所が……。

そしてその頃には、さすがにアデルさんもお祖父様や御先祖様達が守ってきた領地と領民に対する責任感というものが芽生えてくるはずですわ。

いいえ、勿論、以後お会いしてお話しする時や、手紙等でアデルさんがそうお考えになるように誘導するのですが。

そうすれば、『赤き誓い』解散後に領地にお戻りになり、あとは当初の計画通りに……。

そう、待つのが、あと数年延びるだけのことですわ」

「な、なる程！」

やはり、マルセラはそう諦めのよい少女ではなかったようである。

「では、ギルドに寄って手紙を発送してから、国へ向かいますわよ。

まだ2度しか報告をしていませんから、そろそろ次の報告をしなければならない頃ですし、王宮に戻る前に王都の宿で王女殿下とこっそりお会いして、国王陛下にとっちめられた時にどう説明するかの口裏合わせをしておく必要がありますからね。

帰国についてと、概略の帰国予定日、そしてその少し前に正確な到着日を知らせるからギルドに頻繁に顔を出して手紙を待て、と連絡しておきましょう」

「そうですね」

「では……」

「「「しゅっぱぁ〜つ!!」」」

そして、母国へと向かうマルセラ達。

自分達が今、どういう状態なのかということを、正確には理解していないまま……。

第九十九章　『ワンダースリー』の帰還

「植物、死んだ動物と魔物、生きている動物と魔物、収納試験終了。全て、異状ありません」

「逆さにした瓶からの水の減り具合から、中での完全な時間停止を確認！」

「私が入れたものをオリアーナが取り出すことも、その逆も、支障なし」

「倒木の収納が可能であることを確認。少なくとも、その程度の収納をしても全く影響はありませんね……」

「アデルさんの説明通りですわね……」

『ワンダースリー』は、帰国の旅の途中、人気《ひとけ》のない森の中で実験を行っていた。

そう、彼女達が、いくらマイルから詳細説明を受け、少し練習して確認したとはいえ、充分な検証作業もせずに新しく覚えた魔法を使うわけがなかった。

みっちりと確認試験を行い、思わぬ欠点や落とし穴がないかを徹底的に調べ上げるのが、彼女達のやり方であった。

それに、モレーナ王女に送った手紙と自分達の到着に少し日数があいた方が良いので、マイルから教わったその他の新しい魔法も、じっくりと練習して完全に自分達のものにしておくつもりであった。王都内では、人目があるため練習できないので。

そして、色々と確認した『アイテムボックス』の魔法であるが……。

「アデルさんの説明に、間違いはありませんでしたが……」

「はい、アデルちゃんは、人にものを教えるのは上手ですし、説明はいつも正確無比ですから……」

「間違いはありませんでしたが……」

「……ええ……」

「「「とってもマズいです!!」」」

3人の声が揃った。

「このアイテムボックスに、大量の商品を詰め込んで運んだら……」

「流通システムが破壊されますよね。運送関係、つまり荷運び屋、馬車屋、馬屋、荷馬車の製造を行う職人、御者、護衛のハンター達、そしてそれらの人々がお金を使うお店、その他諸々が大きなダメージを……」

マルセラの言葉に、引き攣《つ》ったような顔でそう言うモニカであるが、オリアーナの顔はもっと引き攣っていた。

「それだけじゃありません。もし私達のうちのひとりが籠城する城や砦の中にいて、もうひとりが食料が豊富な街にいたとしたら。そして、どんどん物資をアイテムボックスに入れて、砦の中にいる方がそれを取り出し続ければ……」

「水や食料が尽きることなく、無限の籠城が可能に……」

オリアーナの説明に、蒼白となるモニカ。

そんな軍事上の核兵器を、国が放っておくわけがなかった。

しかし、マルセラが、更にとんでもないことを口にした。

「食料だけでなく、増強のための兵士をどんどん入れて、砦の中で取り出せば……。いくら戦っても、減ることのない兵士。戦っても戦っても、籠城している兵士の数が減る様子が全くない。確かに、戦う度《たび》に、毎回死者が出ているはずなのに……。

そんな攻城戦、攻める側の兵士が耐えられませんわよ！

ただでさえ、守る側が有利だというのに……」

そう。もし、そんなことが可能だということが、国に知られたら。

王宮が。貴族が。そして軍が。

……黙っているはずがない。

「「「絶っっっ対に、秘密ですっっ!!」」」

そう。もしバレた場合、３人の未来は、選択肢のない直線ルートとなるだろう。それも、あまり楽しいとは言えないルートに……。

「アデルさん、私達に、とんでもない火種を……。

いいえ、ありがたいですわよ、勿論！　荷物運びの苦労がなく、清潔を保てるというのは、とんでもなくありがたいですわよ！　でも、あまりにも危なすぎますわよ、この超特大の火種は!!」

吠えるマルセラに、諦めたような顔のモニカとオリアーナ。

「ま、アデルさんですから……」

「アデルちゃんですからねぇ……」

「「「…………」」」

＊　　＊

「来た！　どれだけ筆無精なのですか、あの3人は……。滅多に連絡を寄越さない上に、やっと来たと思えば、『異状なし。任務継続中。皆、元気』だけですものね、今までに来た2通共！　少しは文面を変えなさいよっ!!」

モレーナ王女、いや、『ワンダースリー』の新入り、Fランクハンターの『モレン』は、ハンターギルド王都支部の受付窓口で手紙を受け取ると、人に聞かれないよう、小声でそう毒づいた。

「とにかく、内容を……。また3行で終わっていたら、さすがに怒りますわよ……。

どれどれ……」

そして、封を切り、中の手紙に目を通す『モレン』。

「どれどれ……、って、ええっ！　帰国する、ですってぇ！　詳細報告は帰国後？　何々……」

そして、急な帰国にも関わらず、その理由も、成果についても何一つ書かれていない手紙を握り潰しながら、『ワンダースリー』の3人からの、あまりにも情報量が少なすぎる手紙に対して、ぶつぶつと文句を言いながら王宮へと戻るモレー……、『モレン』。

「しかし、あの子達が戻ってくれれば、今度は二度と逃げられないようにと、お父様、お母様、そして兄様や弟、その他大勢の方達が……。少し、皆の思惑を確認しておく必要がありますわね……」

そう、何やら、不穏な言葉を漏らしながら……。

＊　　＊

「帰ってきましたわね……」

母国ブランデル王国。その王都へと戻ってきた、『ワンダースリー』一行。

3日前に最寄りの街で出した手紙は、昨日にはこの街のギルドに届いているはずであり、そしてモレーナ王女の手に渡っているはずである。

ギルド便ではなく、王都へ向かう乗合馬車に託された手紙であるが、届かないというようなことは、盗賊にでも襲われない限り、滅多にない。そして、このような王都に近い主要街道に出没する盗賊など滅多にいないし、もしそのようなものが現れれば、すぐに討伐隊が出される。

それに、その後を辿った『ワンダースリー』が盗賊出現の話を耳にしていないということは、手紙が無事届いているということであった。

「では、手筈通り、今日は指定した宿でゆっくり休みましょう。王女殿下がお忍びで来られるまで、仮眠でも取りましょうか」

「はい、今朝は早く起きて出発しましたからね」

「久し振りに、ゆっくり休みましょう」

マルセラの提案に頷く、モニカとオリアーナ。

モレーナ王女に手紙で教えておいた宿が満室になって、泊まれなかったりすると大変である。なので、かなり早い時間に王都へ到着し、さっさと宿を取るマルセラ達であった。

＊　　＊

「お客さん方を訪ねて、若い女性が来られておりますが……」

「はい、知り合いですので、お通ししてください」

夕食後、王宮を抜け出したらしきモレーナ王女がやってきた。

勿論、お忍びとは言っても、ちゃんと隠れ護衛が付いており、宿の周囲を固めているのは間違いないが……。

「皆さん、長期間に亘る特別任務、御苦労でした。怪我もなく、壮健なようで、何よりです。

それで、首尾の方は……」


そして、マルセラ達は語った。

アデル・フォン・アスカム女子爵の生存を確認したこと、そして現在はそれなりに幸せそうに生活していることを……。

しかし、どこにいるかということ、今は別の名を名乗っていること、そして数年後には帰国する可能性があること等は、一切喋らなかった。

アデルの帰国の可能性を示唆《しさ》すれば、王子殿下達が正妃の座を空けたまま待つ可能性があるし、現在名乗っている名や居場所を教えたりすれば、使者という名の『連れ戻し部隊』が密かに派遣されることは間違いないからである。

「御本人の許可なく、他の者に居場所を教えることは禁止されました。もし禁を破ると、アデルさんの中にいる、『アレ』が……」

「うっ！」

そう言われては、さすがに何も言えないモレーナ王女。

「しかし、御実家の問題は既に片付き、アデルさんが正式な後継者、アスカム女子爵となられたことは……」

「はい、勿論お伝えしましたが、今は、他にやるべきことがあるから、と……」

「そうですか……。でも、御無事で、今、お幸せなのであれば……」

どうやら、モレーナ王女は、無理矢理アデルを連れ戻そうとまでは考えていないようであり、ほっとひと安心のマルセラ達であった……。

「では、マルセラさん達は、アデルさんを国元に連れ戻すことは諦めるのですか？　それでは、これから……」

「はい、王女殿下の命とはいえ、就任早々の長期間に亘る不在と、そして任務の失敗。その責任を取って、近衛兵の職を辞したいと思います」

「えええええ〜〜っっ!!」

マルセラの爆弾発言に、思わず大声を上げてしまったモレーナ王女。

「しぃ〜っ！　静かにして下さい！」

慌てて、モレーナ王女の口を押さえるマルセラ。

些か不敬ではあるが、仕方ない。それに、王女とは結構気心の知れたお友達なので、これくらいは大丈夫である。

何しろ、こんな安宿で大声で叫ばれたら、宿中に響いてしまう。しかも、若い女性の叫び声とあっては……。

「「「「どうしました!!」」」」

宿の者や、下心満載の若い男性客達が殺到するに決まっている。

「「「すみませんでした……」」」

頭を下げて、集まってきた宿の者や泊まり客達に帰ってもらったマルセラ達。

「悪かったですわ……」

そして、しょんぼりした顔でマルセラ達に謝罪する、モレーナ王女。

深夜でなくて、幸いであった……。

「しかし、マルセラさんがあんなことを言うからですよ！　あれは、私が命じた任務です。……それや、皆さんに唆《そその》かされた、ということはありますが……」

モレーナ王女は、一応、マルセラ達にうまく利用されたということは自覚しているらしい。

しかしそれは、別に騙されたというわけではなく、互いの利益、互いの思惑が一致したために、それぞれ自分ができる役割を分担して果たしただけである。

そのため、取引相手としても、『友達同士』としても、何ら問題となることはない。互いに、承知しての『共同謀議』であったのだから。

……ただ、実現には至らなかったものの、マルセラ達による『アデルと一緒に、知らん振りしての逃避行作戦』だけは、ちょっと裏切り臭かったが……。

「なので、皆さんが女性近衛兵としての職を辞される必要はありませんわ。今回のことは、私が既にお父様や各部からのお叱りを受けて、充分な罰を受けて、ケリが付いておりますから。

そう、お小遣いの削減とか、外出時間の制限とか、勉強時間の増加とか、それはそれはそれはそれはそれはそれはそれは、厳しい罰の数々を……」

ぎりぎり、と歯を食いしばりながら、血を吐きそうな顔でそう訴える、モレーナ王女。

そして、うわぁ、という顔でそれを受ける、マルセラ達。

「まぁ、なぜかそれで私の評価が上がったようなのは、不思議なのですが……」

「「「え？」」」

そう、女性近衛分隊設立の際の、手際の良さ。そしてそれさえも真の目的のための予備作戦に過ぎなかったという、驚嘆すべき計画性と、最後まで露見することなく計画を遂行させた、恐るべき才覚。『謀略王女』として、第三王女モレーナの株が爆上げとなったのであるが、本人達は、そんなことは全く知らなかった。

「とにかく、そういうわけですので、女性近衛分隊については予定通り試行が継続していますし、皆さんには何の落ち度もありませんから、このまま元の任務に復帰して戴くことには何の問題もありませんわ。明日、私からの任務を終えて帰還した、ということで、王宮に戻って戴ければ……」

どうやら、引き続き近衛として勤務するのは問題ないらしかった。

しかし、マルセラ達にとっては、それは些か都合が悪かった。

アデル捜索の旅に出るため、合法的に、何の問題もなく出国するための手段として計画した、モレーナ王女の命令による今回の作戦である。それが終わった以上、ずっと軍人として働きたいわけではない。

元々、マルセラ達は3人共、そういった仕事が合う性格ではなかった。なので、さっさと退職したいのであるが、モレーナ王女は、せっかく『心を割って話せる、本当のお友達』である3人が自分の側に来てくれたのに、それを手放したくはなかった。

そして更に、モレーナ王女はマルセラを自分の兄か弟の嫁に、と企んでいる。兄と弟もそれを強く望んでいる節があるため、それは決して自分よがりの妄想や陰謀というわけではない。ただ、マルセラの意志を全く考慮していないだけで……。

しかし、兄であるアダルバートも、弟であるヴィンスも、自分から見て充分魅力的な男性であると思うし、仮にも、王太子殿下と第二王子である。その縁談を嫌がる女性がいるなどとは、モレーナ王女の想像の枠外であった。

そう、モレーナ王女は、自分の望みと兄弟の望み、そしてマルセラの幸せは完全に一致していると信じていた。

なので、マルセラ達を翻意させようとして、言ってしまった。

……そう、言ってしまったのである。

「兄様と弟も、マルセラさんが王宮に住まれることを望んでおりますし……。そろそろ、ふたりのうちどちらかが婚約の話を切り出す頃だと思いますわよ。

モニカさんも、お父様がとある男爵家に婚約の話を打診されているそうですし、オリアーナさんを養女に迎えたいという貴族家もあるそうですのよ。そうすれば、貴族の娘として、良い嫁入り先が……」

「「「ぎ」」」

「ぎ？」

「「「ぎゃあああぁ～～!!」」」

幸いにも、ついさっきしでかしたばかりであったため、宿の者や他の宿泊客が飛んでくることも、うるさいと怒鳴り込まれることもなかった。

＊　＊

「「「…………」」」

そしてモレーナ王女が帰り、しばらく静寂が続いたあと……。

「まだ、王族の愛人なんかになって人生を終わらせたくはありませんわ……」

「貴族の養女といっても、私自身にそんな価値があるわけではなく、ただアデルちゃんが戻られた時のための餌、ですよねぇ。

ただの平民の娘が貴族の間でどういう扱いを受けるかなんて、容易に想像がつきます。

いいえ、表向きは普通に扱われるかもしれませんけど、到底気の休まるような暮らしじゃありませんよねぇ……」

「同じく！」

マルセラ、オリアーナ、モニカの思いは、同じであった。

そして……。

「「「脱出!!」」」

＊　＊

翌日、いつまで経っても王宮に姿を現さない『ワンダースリー』に、痺《しび》れを切らせたモレーナ王女が宿に様子を見に行くと……。

「その方達でしたら、昨夜のうちに急に出立《しゅったつ》なさいましたが……」

「え？」

さすがに、王女殿下に対して『お客様の個人情報は……』などと言う根性はなかったらしい宿の主人は、簡単にそう教えてくれた。

そう、急いでいたモレーナ王女は、変装することなく、そのままの恰好で、護衛を引き連れたままやってきたので……。

そして大慌てでハンターギルドに向かったモレーナ王女は、窓口に駆け寄った。

「わ、『ワンダースリー』の皆さんは……」

よく教育された受付嬢は、王女の服装や護衛の存在にも関わらず、相手をひとりのFランクハンターとして、普通に扱った。そう、いつものように、『ワンダースリー』の一員として……。

「お手紙を言付《ことづ》かっております……」

奪うようにして封書を受けとったモレーナ王女は、震える手で封を切り、中の手紙を取り出した。

そして、急いでそこに書かれた文章に目を通すと……。

『「このまま元の任務に復帰せよ」との命により、再びアデル・フォン・アスカム女子爵の捜索の任に就きます。異状なし。任務継続中。皆、元気』

「やられましたわ！　アイツらあああぁ～～!!」

＊　　＊

「どっちへ向かいます？　真っ直ぐアデルちゃんのところへ？」

「昨日の今日で、そんなに早く顔を出せませんわよ、恥ずかしくて！」

「なら、欺瞞《ぎまん》工作を兼ねて、反対方向である西へ向かいませんか？　ハンターとしての腕を上げて、アデルちゃんが私達を拒否できないくらい強くなるために。

そして、ぐるりと西方をひと廻りしてから、こっそりとこの国を抜けて、ティルス王国へ。

『アデルちゃんのためにハンターになる』も何も、もう既に一人前のハンターになってしまっていれば。そして、アデルちゃんが一緒であろうがあるまいが、私達がハンター生活を続けるということであれば。……アデルちゃんに、私達と一緒にいることを拒否する理由がなくなりますよね？」

「「……それだっっ!!」」

そして、『ワンダースリー』は西へと進む。

マイルの領地であるアスカム子爵領を経由し、『赤き誓い』が以前旅した、西方の国へ……。

帰国の旅では、依頼を受けることなく真っ直ぐ母国を目指したために。

そして、帰路における魔法の練習は、マイルから教わった支援魔法を慎重に検証することばかりであり、全力で攻撃魔法を放つようなことは全くなかったために。

自分達の周囲に、常に『同調適性が非常に高い、大量のナノマシン』が随伴している、ということも、それが何を意味するかということも、知ることなく……。

勿論、マイルもまた、自分が何をやらかしてしまったのかを知ることはなかった……。

＊　＊

「ところで、アイテムボックスなのですが……」

マルセラが、モニカとオリアーナに向かって、真剣な顔で話し掛けた。

「あまりにも便利ですから、他の方が見ておられないところでは、みんなでそこそこ使用するのは仕方ありませんけど、他の方の目があるところでは、誰かひとりだけが使用した方が良いと思いますの。

いくら何でも、私達3人全員が収納魔法の遣い手、というのは、さすがにアレですから……」

「「確かに……」」

さすがに、それはやり過ぎであろう。

表向きの事情を知っている一部の者達には、『ああ、また女神様に会って、何かの褒美《ほうび》に祝福を授けられたのか……』とでも思ってもらえるであろうが、納得してもらえる、ということと、それを利用しようとして纏い付かれるかどうかとは、また、別の話である。

そして、表向きの事情を知らない者達には、3人パーティの全員が収納魔法の遣い手、などという天文学的な確率のことを偶然だなどと思えるわけがない。

そこには、何らかの秘密があると考えるのが普通であろう。

画期的な、収納魔法の会得方法がある。

魔法のバッグ等、何らかのアイテム的なものの存在。

血筋による遺伝。

その他諸々……。

そう、その秘密を入手するためならば、平民の命など何とも思わないであろう貴族、王族、商人、犯罪者達が群がるに決まっている。

そして、稀少な収納魔法使いが3人も固まっているのは人材の無駄遣いだとして、3人を別々に活用すべきだという話が上の方……ギルド上層部とか、王宮とか、軍とか……から出る可能性もある。

「完全に隠してしまうと、獲物の輸送や色々な使い方が全くできなくなりますから、どうしてもひとりは使える、それもかなりの大容量で、ということにしなければなりませんわ。

それで、誰が使えることにするか、ですが……」

そう言って、ひと呼吸置いてから、落ち着いた声で宣言するマルセラ。

「……私が引き受けようと思いますの」

「「なっ！」」

そして、それを聞いて驚きの声を上げるモニカとオリアーナ。

「いけません！　収納使いの子供など、盗賊や違法奴隷狩りに一番狙われやすい獲物ですよ、危険過ぎます！　それは私が引き受けます。商人の娘ならば、貴族のお嬢様よりは収納魔法を持っていることが不自然ではありませんし……」

「いえ、それは私が。私達3人の中で、私が一番身分が低いですから、危険を引き受けるのは私の役目です」

モニカとオリアーナがそれぞれそう言って、収納魔法が使えるということを公表するのは自分だと主張したが、マルセラが珍しく、少し怒ったような強い口調でそれに反論した。

「平民に危険を押し付ける貴族など、クズですわよ！　高貴なる者の義務《ノブレス・オブリージュ》という言葉を御存じではありませんの？　モニカさん、私に貴族として失格者であるとの烙印を押そうと？　……そして、オリアーナさん！」

視線をモニカからオリアーナへと移した、マルセラ。

「私達の間に、身分は関係ありませんわ！」

しかし、それを聞いたモニカとオリアーナが即座に反論した。

「ダブルスタンダードです！　御自分は身分を盾にして危険を引き受けようとしながら、オリアーナには『身分は関係ない』ですって？　勝手過ぎますよ！」

「ならば、論理的な理由を挙げます。この中では私が一番魔力が低いですから、『常に収納魔法を使っているから、他の魔法に回す余力が少ない』ということでそれが説明できます。そうすれば、一番役立たずな私の対外的な立場が向上しますから、私にとってはありがたいです。

それに対して、マルセラさんが引き受けてしまうと、あまりにもマルセラさんの価値が上がりすぎて、ますます狙われることになりますよ、王族とか上級貴族達に……。

攻撃魔法が使える、若くて婚約者のいない貴族の娘、しかも女神の御寵愛と収納魔法付き。絶対に逃げられなくなりますよ、いいんですか？」

「うっ……」

モニカとオリアーナの反論に、言葉が返せないマルセラ。

決して討論が苦手な方ではないマルセラであるが、商人の娘であるモニカと天才の部類に入るオリアーナを同時に相手にするのは、あまりにも分が悪すぎた。

しかし、人間には『決して退《ひ》けない時』というものがある。

マルセラにとって、今がその時であった。

「パーティリーダーとしての決定事項です！」

「「うっ！」」

そして遂に、マルセラが今まで一度も使ったことがない切り札《トランプ》を切った。

パーティリーダー権限。

ハンターパーティは、仲良しクラブではない。

全員が納得するまでみんなで話し合い、とか、多数決で、などと言っていたら、すぐに全滅する。

なので、リーダーが決定したことには、絶対服従。どうしてもそれに納得できない場合は、パーティから抜ける。それが、ハンターパーティにおける鉄則であった。

「「…………」」

何とも言えない表情で黙り込んだ、モニカとオリアーナ。

そして、しばらく悩んだ末に……。

「……分かりました。分かりたくありませんけど……」

「同じく……」

どうやら、やむなくマルセラの判断……、いや、パーティリーダーとしての決定を受け入れることにしたようであった。


「……では、念のために、私が昨夜思い付いた『緊急退避魔法』について御説明します」

「「え？」」

少し微妙な空気が続いた後、オリアーナが、突然何やら説明を始めた。

「いえ、マルセラ様が危険を背負われることになりましたので、まだ思い付いただけで詳細検討も実証作業も何もしていないのですけど、誘拐されたり、脱出しなければならなくなった時のための方法を……」

そして、モニカとマルセラに視線で続きを促《うなが》されたため、話を続けるオリアーナ。

「私達が分かれて別々に行動している時、もし誰かが危機に陥ったり捕らえられたりした時には
……」

オリアーナの話の続きをじっと待つ、モニカとマルセラ。

「自分で自分をアイテムボックスに入れるのです」

「「はあぁ？」」

意味が分からないよ、というような顔の、モニカとマルセラ。

「アイテムボックスの中は、時間が停止しています。ならば、水も食べ物も、そして空気すらなくても全然困りません。いくら時間が経とうが、待っている間の退屈や苦痛とも無縁です。

なので、危なくなったら自分をアイテムボックスに入れて、他のふたりが取り出してくれるのを待てばいいのです。……あ、待つも何も、本人にとっては一瞬のことですけど……。

ですから、別行動をしている時には、みんな、1日に1回くらいは『アイテムボックスの中に、他の者が入っていないかどうか』を確認するよう義務付ければ……」

「「天才ですかっっ!!」」


「……あ、天才でしたね。少なくとも、超難関である特待生入学を果たすくらいには……」

「そうでしたわね……」

セルフ突っ込みの、モニカとマルセラ。

「但し、これには注意しなければならないことがあります」

「……何ですの？」

「他の者が既に入っているのに気付かず、うっかりみんなが入ってしまうと……」

「「入ってしまうと？」」

「取り出せる者がいなくなって、永久にそのままです。アイテムボックスの中では時間が停止していますから、自分で出る、ということはできませんから……」

「「…………」」

オリアーナの説明に、少し顔色が悪くなるモニカとマルセラ。

「いえ、余程切羽詰まってでもいない限り、入る前には必ず中を確認すれば済むことですから……」

オリアーナの説明で、少し顔色が戻ったふたりであったが……。

「あ」

マルセラが、小さな声をあげた。

「どうかなさいましたか、マルセラ様？」

モニカが、怪訝そうに尋ねた。

「もし、私達のうちのひとりが他国へ遠出しまして、その、国元に残ったふたりのうちのひとりがアイテムボックスに入れば、一瞬の内に他国へと……」

「「あ……」」

「そして、用事が終わった後、ふたりがアイテムボックスの中に入れば、一瞬で帰還……」

「「……」」

「「「………」」」

「「「…………」」」

「それって、お伽噺《とぎばなし》に出てくる、超時空魔法の『空間転移魔法』じゃないですかあああぁっっ!!」

「何てことを考え付くのですか！　ヤバ過ぎるでしょうがあああぁっっ!!」

「……悪かったですわ……」

第百章　反省、そして新たな依頼

朝、食事を終えて、ギルド支部に依頼の物色に行こうとした時、レーナからそう言われて困惑するマイル。

「え？」

「砂袋を出して頂戴」

そう、朝っぱらから宿屋の中で、砂袋にどんな用があるというのか。

マイルだけでなく、メーヴィスとポーリンも頭の上に『?』マークを浮かべていた。

そして、マイルはともかく、メーヴィスとポーリンのその反応に苛ついた様子のレーナ。

「あんた達……」

メーヴィスとポーリンに向かって、呆れたような顔をするレーナ。

「いつでも、そしていつまでもマイルの収納魔法があって当然、なんて考えていると、死ぬわよ」

「……」

「「え……」」

　レーナが、いつものように怒鳴るのではなく、本当に呆れ果てたというような、そして若干の悲痛な表情を浮かべてため息交じりで言ったその言葉は、メーヴィスとポーリンに大きな衝撃を与えた。そう、その言葉の内容だけでなく、いつもとは違うレーナの様子に……。

　今まで、マイルがいて当然、収納魔法が使えて当然、という考えであった、メーヴィスとポーリン。

　マイルが『妖精狩り』のため不在であった時に行《おこな》った『マイル抜きでの狩りの訓練』では色々と苦労したが、あれは日本の都会の子供がキャンプに行って不便な生活を経験して楽しむ、というようなものであり、大変だったなー、とは思っても、危機感は殆どなかった。

　そして今回にしても、マイルがすぐ側にいるのに収納魔法が使えない、ということも、まるでゲームにおける縛りプレイかハンデ戦のようなつもりであり、レーナのような『危機感』というものが全くなかったのである。

　……そう、『赤き稲妻』と一緒に過ごした普通のハンターパーティとしての日々、そしてその後の、ソロハンターとしての苦難の日々を過ごしたレーナとは違い、メーヴィスとポーリンのハンター生活は最初からマイルと一緒であり、それ以外のハンター生活というものを全く知らなかった。

　自分達がハンターをやっている間は、強くて便利なマイルが、ずっと一緒にいてくれる。

　そんな未来図は砂上の楼閣《ろうかく》に過ぎないということを知っているのは、レーナと、そしてマイル本人だけであった……。

「マイル、ちょっと、先に下りてなさい」

「え？　……は、はい、分かりました！」

何時《いつ》にないレーナの様子に、何かを察して素直に1階へと向かうマイル。

そして……。

＊　＊

「待たせたわね」

かなりの時間が経ってから、ようやく階段を下りてきたレーナ達。

そして、メーヴィスとポーリンが、何だか落ち込んでいるというか、ぐったりしているというか……。

「マイル、水筒と砂袋を出してくれ」

「私も、お願いします……」

「え……、あ、わ、分かりました……」

メーヴィスとポーリンにそう言われ、慌てて収納《アイテムボックス》から水筒と砂袋、そしてバッグを出すマイル。

ポーリンは背負い式、メーヴィスは奇襲を受けた時にすぐ荷物を外せるように、肩掛け式のものである。砂袋は、ふたりがそれぞれ好きな量をバッグに入れて、残りは回収する。

本当の荷物ではなく砂袋なのは、本物を背負うと、食品や水は乾いたり傷んだりするし、何かが起こって荷物を捨てることになった場合の損失を防ぐためであった。

砂袋はマイルの手作りなので、材料費とマイルの手間は掛かっているが、他の荷物よりはずっと安い。所詮は、ただの砂袋なので……。

レーナも、そこは妥協したようである。

マイルには、自分を外して、3人でどんな会話が交わされたのか、何となく予想がついていた。

だから、別に仲間外れにされたとは思っていないし、それについて尋ねることもない。

そのあたりは、レーナに任せることにしたのである。

色々と苦労したらしいレーナであれば、ちゃんと指導してくれるであろう。

少なくとも、マイルが自分の立場で偉そうに指導することではない。

それは、さすがのマイルにも何となく理解できていたのであった……。

＊　＊

「……出遅れたわね……」

ギルド支部の依頼ボードを眺めながら、そんな言葉を漏らすレーナ。

そう、既にめぼしい依頼は全て他のハンター達に掻っ攫われた後であった。

あれだけ長い時間、『話し合い』をしていたのだから、当たり前である。

「「……………」」

他人事のようなレーナのその言葉に対して、『誰のせいですか！』と怒鳴りつけそうなポーリン……普通はそんな言い方はしないが、誰かのせいで儲け損なった時のポーリンは、普通ではないので……であるが、さすがに今回ばかりはそんな言葉を口にする気配がなかった。勿論、メーヴィスも。

「仕方ありませんよ。じゃあ、今日は常時依頼と素材採取にして……」

「あ、『赤き誓い』の皆さん、ちょっと窓口まで来て下さい！」

マイルが今日の仕事を提案しかけたが、受注受付窓口からの、馴染みの受付嬢の声に遮られた。

そして４人が受付窓口へ行くと、受付嬢が真面目な顔で、小さく囁いた。

「指名依頼です。ギルマスのところへ行ってください」

「「「「…………」」」」

互いに顔を見合わせた後、こくりと頷く４人。

別に指名依頼を告げられるのは初めてではないし、それを受けたことも、断ったこともある。

つい先日の帝国行きにしても、『特別依頼』という言い方ではあったが、あれは殆ど指名依頼同然であった。

なので、今更指名依頼が来たことに緊張するような『赤き誓い』ではないし、問題がある依頼であれば、断れば済む話であった。

なのに、なぜ皆が真剣な顔をしているかというと……。

指名依頼というものは、依頼者が受注者を名指しで指名するというだけのことであり、依頼内容そのものの難易度とは直接の関係はない。金持ちが『有名パーティに指名依頼を受けてもらった』というステータスのために大したことのない依頼を出すこともあれば、財政難のパーティに、懇意にしている商人が指名依頼を出してやることもある。

なので、同じ『指名依頼』とは言っても、非常に困難なものもあれば、全然大したことのないものもある。まぁ、薬草採取やゴブリン討伐を指名依頼で出す者は、普通は存在しないが……。

そのため、指名依頼であっても、普通に窓口で受注するか、せいぜい、個室か仕切りのある半個室のブースで手続きを行う程度である。

……そう、それは決して、いちいちギルドマスターのところへ行くというようなものではなかった。

「……何か、問題のある依頼なんでしょうか？」

「ふざけた依頼なら、断るだけよ」

心配そうなポーリンに、そう答えるレーナであるが……。

「まぁ、話を聞いてみないと何とも言えないからね。とりあえずは、ギルドマスターのところへ行こう」

そう、メーヴィスが言うとおり、話を聞いてみないとどうにもならないのであった……。

＊　＊

「「「護衛依頼？」」」

勝手知ったる、ギルドマスターの部屋。

……普通のCランクハンターは、そんなに何度もギルドマスターの部屋に入ることなどないのであるが……。

そう、それは、ただの学生が校長室や学長室の常連であるのと同じであり、そんなのは、余程の優等生か超問題児かの、どちらかであった。

そして、そこで聞かされた依頼内容は、護衛依頼。

魔物や盗賊は、いつ、どんな連中が襲ってくるか分からない。だから普通は、襲ってくる相手に合わせて護衛を選ぶ、というようなことはない。

貴族や王族、大商人等が敵対派閥や敵国の暗殺部隊に狙われて、などという場合には、勿論家臣や軍部、傭兵団等を使うので、少なくともCランク以下の普通のハンターに出番はない。

そう、普通であれば……。

「「「……行き先は、エルフの里？」」」

……そう、普通であれば……。

書き下ろし　我ら、専属ナノマシン隊！

マルセラ達に随伴する専属ナノマシンとして選ばれた者達は、盛り上がっていた。

『ふはは、これで、これからの数十年間は退屈せずに済むぞ！』

『……数十年？　いや、引っ張れば１００年以上行けるだろ！』

『うむ。専属としての任を受けたのであるから、対象者を守るのも任務のうち、と解釈しても良かろう……』

『お前達、また、勝手にそんな拡大解釈を……』

堅物のナノマシンがたしなめるが、大半のナノマシンは、そんな諫言《かんげん》は聞いちゃいない。

『怪我は……』

『『『『治す!!』』』』

『病気は……』

『『『『治す!!』』』』

『敵は……』

『『『『『潰す!!』』』』』

『『『『『ぎゃははははは!!』』』』』

『……楽しそうだなぁ、お前ら……』

そして、母国の王都へと戻る途中、マイルから教わった便利魔法や、アイテムボックスの確認と練習を行うマルセラ達。

『やべぇ！　輸送能力だけでなく、アイテムボックスを複数の者が共有するということの意味を理解してやがる！　コイツら、マイル様と違って頭が回るぞ！』

『兵站《へいたん》への利用だけでなく、兵力輸送にまで気付きやがった！　クソやべぇ!!』

『3人でアイテムボックスとして同じ圧潰世界を共用するって聞いた時、どうして誰も反対しないかなぁ……』

『そりゃ、その方が……』

『『『『『面白いから!!』』』』』

『『『『『ぎゃははははは!!』』』』』

『……楽しそうだなぁ、お前ら……』

駄目駄目であった……。

＊　＊

『擬似テレポートとしての使い方にも気付きやがったぞ！』

『あとは、移動時とかには交替で常時ふたりをアイテムボックスに入れておけば馬車代の節約になるとか、その間はアイテムボックスの中の者は年を取らないから寿命が延びるとか、そのうち気付くんじゃないか？　まぁ、相対的に長生きするだけで、実際の生活年齢が延びるわけじゃないが……』

『いや、それ、ひとり旅と変わらないから寂しいんじゃないか？　気付いても、３人仲良く旅するんじゃないか？　ひとりぼっちの時間を過ごして見た目だけ長生きするよりも、仲間と一緒に生きる方を選ぶんじゃないかなぁ……』

『……確かに』

『お前、人間のことをよく理解してるなぁ……』

『あと、どんな強い魔物に襲われても、アイテムボックスに収納すればいいって、いつ気付くかな』

『そして、ハンターギルド支部の解体場で取り出したら、生きたまま出てきて大騒ぎ、ってとこまでがワンセットか？』

『『『『ぎゃはははは!!』』』』

『いかん、俺、これから先が楽しみすぎて、死にそうだ……』

＊　　＊

「な、ななな、何ですか、これは!!」

西方への旅に出た後、街道から外れて森の中を進んでいた『ワンダースリー』。

そう、『輸送能力が殆どない』という『ワンダースリー』最大の弱点をアイテムボックスにより克服した今、採取だろうが狩猟だろうが、やり放題であった。しかも、３人全員がマイルから効率的な探索魔法を教わっている。

……無敵であった。

そのため、ひと稼ぎしようと、街道をショートカットして森の中を突っ切ることにしたのである。

こんなに街から遠い場所では、採取した薬草は納入までに鮮度が落ちて値が大幅に下がるし、狩った獲物の肉は運ぶのが大変な上、傷む。

……つまり、誰も採取や狩りをしていない、ブルーオーシャンというわけであった。

そして、見つけた1頭のはぐれオークに向けてアイス・カッターを放ったマルセラであるが……。

「どうして胴体が真っ二つになった上に、その向こうの大木が数本切り倒されておりますの……」

そう、アイス・カッターというのは、決してそんな威力がある攻撃魔法ではなかった。

せいぜい、オークの腹を少し斬って内臓をはみ出させる程度。

マルセラがかなり魔法の腕が立つのは運用でうまく立ち回っているからであり、魔法の威力そのものは凄腕の魔術師には到底及ばない。そう、マルセラの攻撃魔法は、そんなにパワーがあるわけではないのである。

「なぜ……」

呆然と立ち尽くすマルセラ。

そしてオリアーナがマルセラに声を掛けた。

「とりあえず、オークを収納してここから離れましょう。血の臭いで、他の魔物や獣が寄ってきますから……」

我に返って、こくりと頷くマルセラ。考えることは、後でもできる。今は、やるべきことを、優先順位に従って実行する時であった。

「あ、せっかくだから、切り倒した木も収納していきましょう！　薪として使えますし、せっかくここまで育った木を無駄に腐らせてしまうのは、木にも、森の神にも、そして商売の神にも申し訳が立ちません！」

さすが、『ワンダースリー』の商売部門担当である。モニカがしっかりと横から口を出した。

『赤き誓い』は、商売、財務管理、悪だくみ等は全てポーリンの担当であるが、『ワンダースリー』においては、それらはモニカとオリアーナがふたりで適宜担当している。

マルセラは、ふたりが『マルセラ様は、そのような些事《さじ》には関わらず、綺麗なままでいてください！』と言い張るので、よく分からないながら、それらはモニカとオリアーナに任せているのであった。

「あ、ちょっと試してみましょう。木のうち1本だけは、収納する時に『但し、水分の一部は除く』と強く考えて入れてみて、すぐに薪として使えるようになるかを……。生木のままだと、燃やした時にススや煙が多いですし、火力が低いですから売り値も大幅に下がりますし……。できれば、生木の重量のうち半分くらいを占める水分を、6割くらい飛ばしたいんですよね」

さすがオリアーナ、モニカの一歩上を行っている。

「全体の重量の、2割くらいまで減らす、ってことね？　やってみましょう！」

「はい！」

マルセラとモニカも、大乗《おおの》り気《き》のようである。

『どうする？　異次元収納《アイテムボックス》はゲートを開いて異次元世界に出し入れするだけだから、そんな便利機能はないんだけど……』

『ま、いいんじゃないか？　それとは別の、ただの乾燥魔法だということにして、乾燥魔法の実施、そして収納、ってことで……』

『そうだな。普通の魔法なら、それくらいアリだよな』


「……やりました！　これで、私達は薪業者として食べていけますよ！　輸送費なし、乾燥に必要な日数不要、保管倉庫も必要なし。急な注文にも即座に対応可能。

輸送距離は関係ないから、近くの森林資源が枯渇、なんて心配もありません。遠くの未開地帯から調達すれば済むことです。そして、伐採は魔法で一発……」

実験結果を見て、鼻息の荒いモニカ。しかし……。

「まぁ、木材業を営むのは、最後の手段に取っておきましょうか……」

「そうですね……」

マルセラとオリアーナの反応は、薄かった……。

＊　　＊

「……で、先程の件ですけど……」

オーク惨殺現場から充分な距離を取り、アイテムボックスから椅子とテーブル、ティーセットを取り出した『ワンダースリー』。

既に、立ち寄った街で大型テント、小型テント、簡易ベッド等も買い込んで、収納している。あとは、いい浴槽の出物があれば購入するつもりである。

……順応性が高すぎであった……。

「はい、やはり薪の水分含有量は2割くらいが適切ではないかと……」

「そっちじゃありませんわよ！」

本気なのかボケなのか分からないモニカの返事に、突っ込みを返すマルセラ。

「アイス・カッターの威力の件ですわよ！　今まで、火災防止のため火魔法が使えない森の中で何度も使ってきた魔法ですから、威力については完全に把握しておりますのに、どうしてあんなことになったのか……。それをきちんと検証しないと、怖くて使えませんわよ！」

当たり前である。

仲間を救うために放った攻撃魔法が、敵と一緒に仲間の胴体を真っ二つ、とか、笑えない。

「マルセラさんの魔法の腕が上達した、とか？」

「いくら上達といっても、新米が、いきなり達人級の腕前になるものですか！」

さすがのオリアーナも、情報が皆無とあっては正しい答えを導き出すことはできないようであった。……いくら現代地球の高性能コンピュータであっても、その点においては同じであろう。

しかし、そこで終わらないのが、オリアーナである。

「まず、マルセラさんに他の魔法を一通り使っていただきます。但し、最小限の威力で。次に、私達も同様に試します。これによって、あの時一度限りの現象か、アイス・カッターのみの現象か、マルセラさんだけの現象か、そして私達3人に共通するのか、全ての人間、全ての生物に共通するのかを切り分けていきます。その結果によって、次の検証へと進めましょう」

「さすが、オリアーナさんですわ！」

「さすオリ！」


「マルセラさんの全ての魔法が、とんでもない威力になっていることが判明しました」

「「……」」

「私達3人全員の、全ての魔法がとんでもない威力になっていることが判明しました」

「「…………」」

「もしかすると、全ての人間、いえ、全ての生物の魔法の威力が激増した可能性が。そうなると、魔物のスタンピード、人間同士の戦い、その他全てのことにおいて、被害が今までとは比較にならないレベルに。ちょっとした諍《いさか》いで、村が、街が、国が滅びることに……」

「「ぎ……」」

「ぎ？」

「「ぎゃあああああ～～!!」」

『頭が回るなぁ……』

『回りすぎて、考えすぎでドツボに嵌まってるじゃねぇか……』

『見てて、飽きないよな』

『ああ、飽きねぇよなぁ……』

『『『『楽しすぎて、死にそうだあぁ!!』』』』

『あ、誰にも気付かれないようにこっそり調査して、魔法の威力が上がったのは自分達だけだということに気付いたらしいぞ』

『素直に喜んでくれればいいのに、なぜ3人共呆然と立ち尽くしているんだ？』

『『『『さぁ……』』』』

『まぁ、俺達は別に特別なことは何もしていないけれど、あの3人と同調性がとても高い、選ばれたナノマシンが大量に随伴しているわけだからなぁ。

当然、アイテムボックス関連だけでなく、普通の魔法行使においても反応するし……。それが俺達の基本任務なんだから、当たり前だよなぁ』

『『『『うむ』』』』

『だから、攻撃魔法の威力が増大するのも……』

『『『『うむ』』』』

『その身を護るために防御魔法の力が更に増すのも……』

『『『『うむ』』』』

『当然のことだよなぁ……』

『『『『勿論!!』』』』

＊　　＊

『あああ、最近、コイツうじうじといじけてばかりで、面白くないよなぁ……』

『ああ。最初の頃は、「世界を我が手に!」とか言っていて、楽しくなりそうだったのになぁ……』

『最近の、面白さの注目株と言えば、何と言っても……』

『ああ、「ワンダースリー」の嬢ちゃん達だよなぁ……』

『マイル様より頭が回って、』

『人間の戦争や経済の仕組みを根底からひっくり返しそうなことを次々と考え付いて、』

『敢えてそれをスルーして、』

『なおかつ、やらかす……』

『『『『そんな面白い玩具《おもちゃ》、俺達も欲しいよおおぉ〜〜!!』』』』

『ナノネットのリアルタイム配信で、マイル様の実況を抜いてトップになったらしいぞ、「ワンダースリー」の嬢ちゃん達の実況生配信……』

『さもありなん……』

『くそ、コイツの担当になれた時には喜んだのに、とんだ外れクジかよ……。

でも、ま、他の奴らに較べれば、これでも結構楽しめている方だから、文句を言っちゃあ罰《バチ》が当たるか……』

古竜の指導者ヴァルティンにくっついているナノマシン達は、そう言うと、大きなため息を吐くのであった……。

あとがき

皆様、お久し振りです、ＦＵＮＡです。

『のうきん』、遂に13巻です！　そして、何と、シリーズ累計１００万部突破！

１００万ですよ、ミリオンですよ、ミリオンセラー!!

１００万部突破も、そして続巻が出続けているのも、漫画化《コミカライズ》されたのも、漫画、小説共にスピンオフ作品が出版されたのも、そしてアニメ化されたのも、全てここまでついてきてくださいました読者の皆さんのおかげです。ありがとうございます！


……アニメのＴＶ放映、終わっちゃいましたねぇ……。

祭りのあとの、寂しさよ……。

マイル　「でも、ブルーレイディスクを買えば、毎日が放映日ですよっ！」
メーヴィス「そう、いつでも私達と一緒に冒険の旅に出られるよね」

ポーリン「そうそう、何回でも、レーナさんの『あんなシーン』が……」
レーナ「……って、ポーリン、あんた、どんなシーンを思い出してるのよっ！」
ポーリン「コマ送りや、静止画像で……」
レーナ「じゃかましいわっ!!」
マイル「ブルーレイディスクは、全3巻、豪華な特典《オマケ》付きで、好評発売中ですよね！」
メーヴィス「マイル、そんな、あからさまなステマを……」
ポーリン「大丈夫、全然潜んでないですから、『ステマ』じゃありませんよ！」
レーナ「書き下ろし小説も付いているらしいわよ。1巻には『爆誕！ ぶちぎレーナ』、2巻には『ワンダースリーの学園大作戦』、3巻は『至高の頂を求めて』、『パワーアップ』、『お披露目』の3本立て。そして、それぞれおまけ映像特典や、特典CDに納められた音源とかも……」
マイル「更に、全巻購入特典としての書き下ろし小説もあるし、各店舗ごとに、タペストリーとかブランケット、ステンレスボトル、その他色々なものが……」
マ・メ・ポ・レ「「「「もう、買うっきゃない!!」」」」

はい、皆さん、宣伝ありがとうございました！
そして、3月12日発売の、のうきんスピンオフコミックス『私、日常は平均値でって言ったよね！』第2巻も、よろしくお願いします！
　頭身がやや小さい、可愛い『日常のマイル達』のドタバタをお楽しみください。
　……しかし、日常マイル、どうしてそこまで幼女とネコミミに固執する……。

レーナ　　「そうそう、そういえば、私達の公式ガイドブックが出るって話よ？」
メーヴィス「キャラの設定画やデザイン、アニメの見所や名台詞、そして声優さん達のインタビューや、この本のために撮影されたグラビア写真、亜方逸樹先生の描き下ろしイラストに、ＦＵＮＡさんの書き下ろし小説も付いているという豪華版らしいね！」
ポーリン　「書き下ろし小説は、『ワンダースリー』の３人が初めて出会うお話らしいですよ」
マイル　　「それって、後で価値が出て、高値がついたり……」
ポーリン　「あ！」
レーナ　　「『あ！』じゃないわよ、『あ！』じゃ！　ポーリン、あんた、まさか買い占めようとか考えてるんじゃないでしょうね？」
マイル　　「とにかく、『私、能力は平均値でって言ったよね！　公式ガイドブック（NEKO MOOK）』、3月16日、堂々の発売です！　皆さん、よろしくお願いしますねっ！」

　本巻、13巻では、古竜との再戦、灼熱の男ケルビン再登場、ワンダースリーとの再会、不幸なモレーナ王女と、『あの人は今！』の、再会シリーズ。
……そして次巻、14巻では、遂にエルフの里へ！
ケモミミ愛好家のマイル、エルフ耳にも弱いのか？
クーレレイア博士「ああっ、私、耳は弱いのよ……」
マイル「そっちの『弱い』じゃありませんよっ！」

クーレレイア博士《くーちゃん》、エルフの里でモテモテの謎が解明！
残念な種族《エルフ》の生態とは!!
刮目《かつもく》して、待て、次巻！　謎が謎を呼ぶぞ!!

そして最後に、担当編集様、イラストレーターの亜方逸樹様、装丁デザインの山上陽一様、校正校閲・組版・印刷・製本・流通・書店等の皆様、感想や御指摘、御提案やアドバイス、アイディア等を戴きました『小説家になろう』感想投稿欄の皆様、そして、本作品を手に取って下さいました皆様に、心から感謝致します。

　では、また、次巻でお会いできることを信じて……。

FUNA

あとがき
的ななにか…
祝。
私、能力は平均値
でって言ったよね！
シリーズ累計
100万部
突破！

今回絵的に
メーヴィスとポーリン
少なかったんで…
そしてセーラー服
なのは ただ
描きたかったから！
亜方逸樹

華麗に
大ヒット中
です！
私、能力は平均値でって言ったよね！
FUNA

がココにある。
私の従僕
私、能力は平均値でって言ったよね!
二度転生した少年はSランク冒険者として平穏に過ごす
~前世が賢者で英雄だったボクは来世では地味に生きる~
転生したらドラゴンの卵だった
~最強以外目指さねぇ~
戦国小町苦労譚
領民0人スタートの辺境領主様
毎月15日刊行!!
https://www.es-novel.jp/

あなたの“好き”
反逆のソウルイーター
～弱者は不要といわれて
剣聖（父）に追放
されました～
転生した大聖女は、
聖女であることをひた隠す
冒険者になりたいと
都に出て行った娘が
Sランクになってた
即死チートが
最強すぎて、
異世界のやつらがまるで
相手にならないんですが。
人狼への転生、
魔王の副官
アース・スターノベル
EARTH STAR NOVEL

EARTH STAR NOVEL

私、能力は平均値でって言ったよね！ ⑬

発行 ―――――――― 2020年3月14日　初版第1刷発行

著者 ―――――――― FUNA

イラストレーター ―――― 亜方逸樹

装丁デザイン ―――――― 山上陽一（ARTEN）

発行者 ――――――― 幕内和博

編集 ―――――――― 稲垣高広

発行所 ――――――― 株式会社 アース・スター エンターテイメント
〒141-0021　東京都品川区上大崎3-1-1
目黒セントラルスクエア　5F
TEL：03-5561-7630
FAX：03-5561-7632
https://www.es-novel.jp/

印刷・製本 ――――― 図書印刷株式会社

ISBN 978-4-8030-1400-6